二見サラ文庫

帝都契約結婚
～だんな様とわたしの幸せな秘密～
佐々木禎子

| Illustration |
龍本みお

| 本文Design |
ヤマシタデザインルーム

C O N T E N T S

本作品の内容はすべてフィクションです。
実在の人物、団体、事件などにはいっさい関係ありません。

序章

わたしの人生は幸せで満たされています。

そう言うと、多くの人が、うなずきます。

そうでしょうとも。あなたの人生はさぞや幸せなものでしょう、と。

なにせわたしは桐小路(きりのこうじ)侯爵の正妻なのです。

欲しいものはすべて与えられる裕福な暮らしが不幸なはずもないでしょうと、微笑(ほほえ)まれます。

ただ、一方で、あの家にいるあなたの人生はとても不幸でかわいそうだとも言われます。

桐小路の人間はみんな嘘(うそ)つきだと、まわりの人びとはそう言います。修羅の家と呼ばれることもあります。

それはとても正しく、そして少しだけ違うものですから、わたしは、伝わる人にだけ小さく目配(めくば)せをし微笑みを返します。

わたしの幸福のすべては――財でもなく、家柄でもなく――愛という、取り出して見せることはできないけれどそこにたしかにあるものから芽吹き、根づいたもの。

誰かを愛し、その誰かに愛されること。

誰かのために生きること。支え合って過ごすこと。

これは、そんな桐小路家の当主のもとに嫁いだ、不幸なわたしが幸福になろうと決意するまでの物語なのです。

一

冬のはじまり——十二月。

桐小路たまきのだんな様である馨（かおる）は、朝早くから動きはじめる。

今日もまだあたりが明るくなり切らない時間から食堂へと降りてきた。

「おはようございます。だんな様」

たまきより先に、溝口（みぞぐち）が馨に声をかける。

溝口は桐小路家の家令である。

たまきも溝口に倣い、手を身体（からだ）の前で組み頭を下げる。今日は思っていたより起床が早かった。馨の朝食の支度はたまきの仕事である。ある程度整えているけれど、ご飯だけがまだ炊き上がっていない。

夜着の上に薄物のガウンを羽織った馨は、眠たげな目をしている。乱れた髪に、腫れぼったいまぶた。馨の場合、そういう隙のある格好をしているときもだらしなく見えないのが不思議だ。

桐小路馨は——蓮（はす）の花のような男だ。

白皙（はくせき）の面。底光りする黒い眸（ひとみ）。艶っぽく含み笑う丹花の唇。

彼がそこにいると、あたりにあるすべてが彼を際立たせるための背景になってしまう。

名のある芸術家が精魂を込めて描いた絵のような人物だった。

たまきは桐小路馨ほど美しい男を、他に、見たことがない。

そんな馨がとろんとした目を擦り、あくびを噛（か）み殺しながら椅子に座る。

桐小路家を背負う家長として、馨が朝の習慣にしているのはすべての新聞に目を通すことだ。

溝口が朝刊の束を、馨の前にさっと置く。紙面にアイロンをかけ、水気を飛ばした新聞はパリっとして捲（めく）りやすくなっている。アイロンでインクを乾かすことで、手にインクの染みがつくのも防ぐことができる。

「本日は、京都に中央卸売市場が開設されたという記事が掲載されております。どの新聞も切り口は同じでございました。あとは七辻宮雪子（ななつじのみやゆきこ）様と乾國（げんこく）の皇子とのご婚約を言祝（ことほ）ぐ記事も全紙に掲載されております」

毎朝、新聞にアイロンをかけながら溝口は記事にも目を通し、ひと言伝える。どちらにしろ馨はすべての新聞に目を通すのだから、溝口がかいつまんで説明せずともいいのだろうが、それがこのふたりの朝の習慣なのである。

先帝が身罷（みまか）られて、新帝の即位の大礼も行われていない。区切りもついていないから居心地も悪い。政治はどこに向かっていくのか不明で、内閣の総辞職からはじまった今年は、終わりゆく年の瀬になってもまだ混迷していて――。

景気や政治のことはよくわからないが、世界はまだずいぶんと暗いような気がする。

でもこれはただの感想だ。たまきにはちゃんと新聞の記事を読み解いて、馨に伝えられるほどの教養はない。

それでも乾國皇子の御慶事の記事だけは理解できた。

海を挟んですぐの乾國の第五皇子が七辻宮家次女とご婚約されたとのことだ。新聞に掲載された雪子様の写真は、こちらをきっと見据えるようにして立つ振袖姿だ。

七辻宮雪子様は、目鼻立ちがくっきりとしてたいそう美しい。御年まだ十七歳で女学校で学ばれているとのことだが、実年齢よりずっと大人びて見える。

――わたしよりおひとつ年下なのね。

その写真とは別に掲載されている乾國の皇子の顔写真は妙に人のよさそうな柔和な正面像であった。

「なるほど。見るべきような記事もない。よいことなのか、悪いことなのか」

気乗りのしなそうなつぶやきと共に馨は新聞を捲っていく。

「たまきは、どう思う？」

しばらくしてから馨が思い出したかのようにたまきを見た。

「わかりません」

無知が恥ずかしくてぽっと頬が火照る。

「うん。そうか」

馨はそれ以上はなにも言わなかった。

そんなふうにして朝が過ぎていく。

これが——桐小路侯爵家に嫁いでからのたまきの毎日なのであった。


馨の出社を見送ると、たまきはこまねずみのように働きだす。やることがとにかくたくさんあるのだ。

炊事に掃除に洗濯にという家事すべては、たまきの仕事だ。

午後になり、たまきは、物干し竿から取り込んだ洗濯物を手にし、空を見上げた。

華奢な身体を包んだ着物は粗末な木綿と古びた割烹着で、装飾品の類はひとつも身につけていない。飾り気のないまとめ髪は、とりあえず邪魔にならないようにとひっつめて縛ったものだ。

平凡かつ地味である。

それでも丸い額やふっくらとした頬のあたりには十八歳ならではのはち切れるような若さが覗いてはいるのだが、洒落っけや風雅さの欠片もないこの娘が、春先に桐小路侯爵のもとに嫁いできた新妻だと気づく人は皆無だろう。

「今日こそは溝口さんにやり直しをされないようにしないと」

たまきが漏らした独白がふわっと空気に溶けていく。

冷たい風が空を磨いたのか晴天の青が目にまぶしい。

洗濯物のひとつひとつを丁寧に畳んで籠のなかに重ねていく。

干した衣類からは、夏ほどではないが、たしかに日なたの匂いがした。

たまきはそのまま、ぱたぱたと軽やかな足取りで、離れの裏庭から屋敷へと洗濯物を抱えて運ぶ。離れと本邸は直線の板張りの廊下でつながっている。

桐小路家の家屋は有名な建築家によって設計されたものである。赤銅で葺いた屋根が瀟洒な数寄屋風の家屋が本邸だ。

本邸には大きなお座敷が、洋館にはちょっとしたパーティや会食ならできてしまうホールやダイニングなどもあり、多くの使用人たちにより本邸だけでなく洋館、そして離れまで常に手すりも窓も大理石の床もピカピカに磨き上げられている。

本邸の廊下はそれぞれの和室を囲むように畳敷きの廊下と板敷きの廊下の二重構造になっている。畳敷きの廊下を歩けるのは相応の立場のある者で、使用人は板敷きの廊下しか

歩けない。

たまきが歩くのは畳敷きの廊下のほうなのだが、正直なところ、たまきはこの廊下を歩くたびに心臓がきゅっと縮こまる。

自分がここを歩くことに戸惑いがあるのだ。

つい一年前までは他の屋敷で下働きをしていた。

生まれてからこの屋敷に来るまで畳敷きの廊下など歩いたことがない。

いましも誰かが「板敷きを歩け」とたまきを叱りつけるのではとびくびくして、自然と足早になってしまう。

廊下を急いで西に向かうと、窓から見える庭園の景色のなかにちらほらと薔薇（ばら）の木が交じり込む。和風の樹木と花で整えられた庭園が、違和感を覚えさせぬまま洋風のそれへと変わっていく。

畳敷きの廊下が途切れ、丸い塔に辿（たど）りついた。

そこから先につながっているのが、たまきのだんな様である桐小路馨とたまきが暮らしている洋館だった。

「溝口さんはこの時間はホール横の小部屋でお仕事をしていらっしゃるはずだから……」

つぶやいて、ホール横に向かう。

はじめの頃は、多忙な溝口がどこにいるのかを見つけられず本邸と離れと洋館である別

邸のあちこちを渡り歩いて探しまわってばかりだったが、最近はなんとなくの見当がつくようになってきている。

籠を抱えて小部屋のドアをノックし「たまきです」と名乗る。

なかから溝口の穏やかな声がし、ドアが開いた。

「奥様、なにかご用事でしょうか？」

「はい。今日の洗濯物が乾きました。だんな様のお着物です。あらためてください」

籠をそっと持ち上げて差し出すと、溝口が「はい。かしこまりました」と受け取った。

白髪を後ろに撫でつけ、隙のない装いの溝口は、いつ見ても縦に長い。ここまで長身の男はめったにいない。そしてひときわ高い位置についている顔は、仏像に似ているのだ。どこまでも柔和で、喜怒哀楽がほぼ表情からは窺えない。

たまきは、溝口から直に指導を受け、夫である馨の身のまわりを整えている。

家令の仕事は、家のなかのことだけではない。財政にまつわることすべても請け負っているらしい。

だから溝口は多忙を極めているのだが——それでもいまだに、たまきの家事仕事の最終確認をしてくれている。

一度「もう、わたしだけでも大丈夫ではないでしょうか」とおそるおそる申し出てみたが「奥様、申し訳ありませんがそういうわけにはいきません。これもわたくしのつとめで

すので」と慇懃に応じられた。

——それもこれも、わたしがふがいないからだわ。

早く溝口の手をわずらわせることなく仕事ができるようになりたいものだ。

たまきは、溝口の様子をじっと窺う。

溝口は仏の顔のまま、たまきが畳んだ着物を手に取ると、上から順番にゆっくりと広げていく。器用そうな長い指が、縫い目をなぞる。表を見てから、ひっくり返してさらに裏。きちんと綺麗になったのかをじっと検分し、そしてまた、ひとつひとつを丁寧に畳み直して脇に置く。

すべてを見てからあらためて籠に入れ直し、

「綺麗に洗ってくださってありがとうございます。奥様」

と、たまきをねぎらった。

「あの……汚れが落ちてないのでしょうか。それとも畳み方がよくないのでしょうか」

「いいえ。奥様。充分に清潔ですし、丁寧に畳んでいらっしゃいます」

溝口は毎回「充分です」と言う。

が——彼が自分の手でやり直さないことは、ないのだ。

感情の読み取れない柔らかな笑みのままで、すべての洗濯物を畳み直す。

叱りつけられるほうが、よほどいい。

――せめて指摘してくれれば、なにが悪いのか、気づきようもあるのに。

たまきは、思わず漏らしそうになるため息を押し殺し「見てくださって、ありがとうございました」と溝口に礼を言った。

「とんでもないことでございます、奥様。これがわたくしの仕事です」

労りのこもった言い方である。

不出来なたまきにはなにをどう咎めても仕方ないのだと、匙を投げているのかもしれない。

「……はい」

胸の奥にある風船にチクリと針が刺さったようで、しゅうっと空気が漏れていく。しおしおとしなびていく元気をふるい立たせるために、たまきは自分の胸元に手を置いて、背筋をのばす。

「本当に奥様にはなんの非もございません。お気になさらずに」

洗濯物ひとつきちんと畳めない妻なのに。

「奥様はおつとめをどれも丁寧にこなしていらっしゃいますよ」

溝口は優しく言ってくれる。

「ですが……」

たまきの心には重いものが静かにゆっくりと積もり、それにつれて心が萎んでいくのだ。

と――子ども特有の甲高い声と、足音が近づいてくる。

「みぞぐちー、おなか、すいたー」

大きな音を立てドアが開いた。現れたのは五歳になったばかりの姪、康子だった。

康子は、たまきのだんな様である馨の姉、滋子の子である。

おかっぱの髪に丸い顔に、癇の強さが滲み出るへの字口。こうと決めたらがんとして動かない康子には、親の滋子もよく手こずっている。

結婚をして桐小路の家を出た滋子だが、ここのところ子連れの里帰りが頻繁だった。

「康子お嬢様。いらっしゃっていたのですね。こんにちは。清一郎おぼっちゃまも、こんにちは」

康子の後ろから、康子の兄、清一郎が顔を覗かせた。

「溝口。信夫は？　いないの？」

清一郎があたりを見まわしながら溝口に問いかける。

信夫とは、たまきの弟だ。

たまきがこの家に嫁ぐときに一緒にこの家に来て、洋館で暮らしている。

信夫と誠一郎は十一歳で、同じ年だった。突然、桐小路家に入り込み、家庭教師や武道の師をつけてもらった信夫のことが清一郎は気になるらしい。

「信夫は今日は体調が悪く学校も家庭教師もお休みをいただいて寝ています」

たまきが返す。

昔から弟の信夫はこの時季、体調を崩しやすい。朝から信夫は熱を出していたので部屋で寝ている。

「へー。いいね。優雅でさ。ぼくなんて、学校に行ったあとだっていうのに康子につき合って、もう、へとへとだ。桐小路邸の探検がしたいんだって。この寒いのに、子どもって、本当に仕方ないくらいに元気だよね。ぼくもできるなら学校を休みたい。いい？　お母様？」

清一郎が振り返った先に――滋子がいた。

上品な紬(つむぎ)の着物に身を包み、綺麗にまとめた髪に柘植(つげ)の櫛(くし)。眉をひそめ物憂げに清一郎を見返すと、

「篠田(しのだ)の跡取りはずる休みなんてできないわ。ずる休みどころか、熱があっても、お勉強に通うのが当たり前よ。そんなに軟弱なことを言ったら、お父様に笑われるわよ？」

と応じる。

「はあい。仕方ないなあ。ぼくは、跡取りだもんなあ。まったく、信夫が羨ましいよ。熱を出すことを許されるだなんて。病気なんて、ちゃんと気合いを入れてたら、ならないものだよ？」

「そうね。でもどうしようもないことよ。だって信夫くんは桐小路の家にも関わりはない

し、跡取りでもないんですから」

　滋子が大げさな身振りで肩をすくめた。

　康子が「みーぞーぐーちー、おやつー」と甲高い声で言う。溝口がちらりと滋子を見る。滋子は「なにか、あげて。わたしももう康子の相手はへとへとなのよ」とこめかみに指を押し当て、嘆息する。

「かしこまりました。お嬢様、なにかないか探してまいります」

　慇懃に言う溝口のあとを康子がついていく。

「ああ、溝口。わかってると思うけれど、篠田の名字がついていても、康子の中身は桐小路の人間なのよ。下賤(げせん)な男たちが出入りする場所に入れてはならないの。厨房(ちゅうぼう)は駄目よ。御用聞きの男がひっきりなしに出入りするような場所は、駄目。本当なら、溝口とだって口を利いてはならないんだから」

「存じております」

　溝口の返事に、滋子は「そう。わかっているなら、いいの。清一郎、あなた、康子を見にいってやって」と告げ、視線をたまきへと向ける。

　清一郎は不服そうな顔でそれでも「はい。お母様」と返して、部屋を出ていった。

　そのまま滋子は、つかつかと、たまきのすぐ側(そば)に歩み寄る。

「ところで——たまきさん、あなたいったいなにごとなの？」

「滋子お義姉様。わたしがなにか……？」

「あなたの髪型、若すぎるわ。ええ、ええ、十八歳ですもの、若いのはたしかよ。でも人妻になったんですもの。もっと、つけ毛を入れて膨らませたほうが、いまのあなたにはふさわしいわ。ひさし髪にしてきなさいな。車を出すからこのまま店に行って、やってもらって。ああ、代金は桐小路のツケになるから持っていかなくて結構よ」

いきなりだった。

が、きっと自分の髪型は、滋子からすると、いきなりそう言わなくてはならないほどにみっともないのだろう。

「はい。申し訳ございません」

「そのままではよくないわ。馴染みの美容室を紹介するわ。なんならいますぐに行きましょう。髪をやってもらって」

いましも連れていかれそうな勢いである。

「あの……申し訳ございません。まだ仕事がたくさんありますので」

「仕事？」

「はい」

滋子があらためてたまきの全身を舐めるように見る。

「今日のあなたの着物……」

なにを言われるのかと身構えると、

「あなたらしくていいと思うわ。あなたみたいな子には木綿が一番よ。綺麗な着物っていうのは綺麗な女が着てこそよ。このあいだの着物はいただけなかった。あれはあなたにはまだまだ早い」

「はい……」

「じゃあ髪結いはまた後日にするわ」

滋子が言った。

「はい」

頭を下げて背を向ける。

背後で滋子が「本当によくできた無償のお手伝いさんだこと」と小さくつぶやくのが聞こえた。

——嫁だなんて思われていないのは、わかっているわ。

たまきは聞こえないふりをしてそのまま部屋のドアへと向かった。

桐小路家に輿入れ（こしい）したときに、夫になる桐小路馨から「うちの家風はかつての武家のように、質素剛健を尊ぶところがあってね。この程度のものしか用意できずに申し訳ない」

と着物や装飾品を渡されている。「この程度」と言っているが、それでもたまきにとってはものすごく高価なものばかりだった。

そんなことをしてもらえると思ってもいなかったので、たまきはおろおろと一旦はすべてを固辞したが——桐小路の爵位に見合う格好をしなければならない場もあるだろうからというひと言に納得し、何着かの衣装といくつかの装飾品を受け入れた。

が、桐小路家への来客を迎える場で、用意された友禅の着物を身につけたとき——。

たまきは、滋子に、チクリと「似合わない」と言われたのだ。

どうやら國宝級の職人の手によるものだったらしく「今日の客は格下でしたもの、その着物で出迎える必要はなかったわ。それにそもそもが、その友禅は、あなたには分不相応でまだ早い。新婚早々、そんなに高いものを馨に作らせてたなんて、とんでもない嫁だこと」ということらしかった。

以来、滋子や義母はたまきの身なりに目を光らせている。

仕方ない。

たまきは、なんの後ろ盾もなく、学もない。もとはよその家の下働きだった。それが突然、桐小路家の当主、桐小路馨に見初められ求婚されて嫁いできたのだ。

自分でもどんなふるまいをしたらいいのかさっぱりわからない。

装い方も、立ち居ふるまいも、なにひとつわからないのだった。

たまきは桐小路家に嫁いでからいつも、間違ってばかりだ。

下働き時代に身につけた家事能力にだけは自信があったのに、それすらもここでは否定される。

なにひとつまともにできないまま、新しい職務が目の前に積み上げられる。

せめてそろそろひとつくらいは及第点が欲しいところだ。

――わたしは桐小路の嫁。

が、ひとつ屋根の下で過ごしているというだけで、馨とは眠る部屋も別々で、手をつなぐことすら、いまだにない。

――そう。これは優秀なだんな様が判断した、契約結婚。

馨は、たまきに結婚にあたりいくつかの条件を提示した。

まず、妻になったら家の細かな用事をこなし、働くこと。

桐小路家の当主の妻は、当主の身のまわりの世話をするのが習いなのだそうだ。嫁いできたからといって贅沢もできないし、遊んで暮らせるわけではない。むしろ下働きより多岐にわたって仕事が増えるだろうと、説明された。

次に、これが第一条件で大切な約束――三年以内に、跡継ぎになる子息を産むこと。

さらに、万が一にでも子息を得ることが望めなかったときは、たまきが、責任を持って自分の代わりになる人物を見つけて引き継がせること。

その三つの条件を守るなら、引き替えに、七歳離れたたまきの弟の信夫に学校教育を受けさせようと約束してくれた。

最終的に、たまきが、身の程知らずのこの結婚を決めたのは、信夫のことがあったからだ。

そうじゃなければ、馨の求婚を受け入れたりはしなかっただろう。


ため息を押し殺し、深呼吸をひとつしてから、部屋を出る。

と——仲働きのタミと鈴江がふたり並んで廊下で待っていた。

「奥様、応接室の掃除が終わりました」

タミがきびきびと言う。

仲働きたちに采配をふるい指導するのも、桐小路の妻であるたまきの役目ということになっている。

「……ありがとうございます」

うなずいて、ねぎらったが、タミも鈴江もその場から動かない。

「いつもはきちんとできているかどうかを溝口さんに見ていただいているんですが。奥様ではなく溝口さんに見ていただくほうがいいですか？」

そういうことか。

溝口は康子たちを連れておやつを探しにいっているはずだ。ただでさえ多忙な溝口をこのためにいまから呼び寄せるのは申し訳ない気がした。

——お掃除の点検ならばわたしでもできるかもしれないわ。

「いいえ、わたしが行います」

そう応じ、たまきはタミと鈴江と共に応接室に出向く。

部屋はきちんと整っている。有名な陶芸家の作だという花瓶には庭の椿（つばき）の花が活（い）けられていた。充分な仕事ぶりだと思う。

「綺麗ね」

つぶやくと、タミが「はい」と頭を下げた。が、鈴江は頭を下げる直前、口を少しだけ尖（とが）らせ、笑いをこらえるような顔をした。

——なに……？　おかしなことがあるのかしら。

たまきには、わからない。戸惑って、間違い探しをするようにうろうろと室内に視線を彷徨（さまよ）わせていると——。

滋子が足音をさせてやってきた。

「溝口はどこ？　康子と清一郎は？　康子に食べ物をと言ったきり今度は見つからなくなってしまったわ」

開いたドアの向こうからたまきたちを見た滋子が、そのまま、椿が活けられた花瓶に目を留め、眉を顰める。

「なんでこの花瓶に、庭の椿なの？　広口の花瓶にこんなにごっそりと適当に活けて。野暮ね。趣味が悪いわ。それに、もともとこの花瓶は広間にあったものよ。誰がここに動かしたの？」

「はい……申し訳ございません。いま片づけます」

タミが勝ち誇った顔をして、ちらりと、たまきを見た。間違い探しで見つけなければならなかったのは、この花瓶。そして無造作に活けられた椿の花だったようだ。

鈴江が花瓶を持ち上げる。滋子はテーブルにつと指を滑らせ、ひとさし指を眺め、眉をつり上げた。

「しかも、あなた、この花瓶の下に埃があるわ。どういう掃除をしていたの？　ちゃんと拭いて」

「はい、いますぐに‼」

「まったく、たまきさんもしっかり指摘しないと。応接室は桐小路の顔とも言える場所。そこがきちんと整っていなければ、桐小路の品位が疑われるわ」

「はい……、申し訳ありません」

滋子が嘆息し部屋を出ていく。廊下を走る子どもの足音がして「おーかーさまー」と康

子の声がした。そのあとは滋子が康子を軽く叱りつける声がして、遠ざかった。声が聞こえなくなると、タミと鈴江は顔を見合わせ、たまきに投げやりに一礼してから、並んで部屋を出ていった。

廊下に出たふたりはくすくすと笑っている。

「さすが滋子お嬢様ね」

「ああいう方に見ていただけるなら、あたしたちも安心なのに」

「やっぱりまだあの女には早いのよ」

「それにしても滋子様よ。すっきりすることを、あの女にパシッと言ってくれて小気味いいったらないわね」

「本当に。あの女、うじうじしているわりに、苛(いじ)めても嫌味を言っても反応が鈍くって、薄気味が悪いったらないのよね」

「前に働いていた屋敷では〝能面女〟ってあだ名がついていたらしいわよ。なにを言っても、やっても、へらへら笑ってるんだって。あれはね、心っていうものがないか、知恵がないかのどっちかよ」

たまきに聞こえてもかまわないと、きっと、ふたりは思っているのだろう。

お飾りの妻で、無償のお手伝い。

誰もがたまきのことをそう思っている。

遠ざかるタミと鈴江の声を、たまきはうつむいてやり過ごした。

そうやって日々働いているある日の午後——早い時間のことである。

溝口が家の細々とした仕事をしていたたまきに声をかけた。

「——だんな様がお帰りになられました」

「だんな様が先ほどお客様を連れてお帰りに？　夕方からご友人との会食のご予定があって、戻らずに会社から直にそちらに向かうと伺っていました。ご予定が変わったのですね」

「はい。お約束のお相手はアオ様とおっしゃって、だんな様の幼馴染みなのですが自由人なのですよ。夕方まで待てないからもっと早く会いたいと、だんな様の会社に乗り込んで駄々をこねられたとか」

「駄々を……？」

幼馴染みというからには馨と同じ年頃なのではと思うのだけれど——大人の男が駄々なんてこねるのだろうか。

怪訝に思って目を瞬かせたたまきに、溝口がふっと微笑む。

「奥様もお会いになればわかります。それにおそらくアオ様は、奥様のことを見にいらしたのだと思います」

「わたしを見に？」

「ええ。あれこれと用事を言いつけて、なんとかして奥様を伴ってアオ様のもとに来るようにと差し向けていたのを、だんな様がのらりくらりと躱（かわ）し続けたものだから辛抱ができなくなって会社までお顔を出されたのでしょう。アオ様は、そういう方なのです」

たまきと馨はまだ婚姻の式を挙げていない。

だからたまきは、桐小路の親族や馨の友人知人たちのほとんどの人物とまだ顔を合わせていないのだった。

「お茶を用意してください。煎茶がよいとのことです。三人分とおっしゃっていました。応接室ではなく、書斎に運んでいただいてもよろしいですか？」

「はい……。でも……わたしが運んでもいいのですか？　わたしはまだなにひとつまともにできるようになっておりません。だんな様に恥をかかせることになるのではないでしょうか」

「奥様はもう充分にさまざまなことをできるようになっていらっしゃる。恥をかかせることなどございませんよ」

「でも……」

気後れしてうつむくたまきに、溝口が続けた。

「それにアオ様はどうにかしていずれ奥様とお顔を合わせることになるでしょうし、早い

うちがいいのですよ。あのお方がそのように決めれば、だんな様ですら、止めることはできないので」

「だんな様ですら止められない……って」

よくはわからないけれど、桐小路侯爵家の当主である馨ですら従ってしまうのだとしたら、とてつもない人なのだろう。

「でしたら、間違いのないように、溝口さんがわたしのお茶の支度を見ていただけますか？」

「はい」

だからたまきは溝口にすべてを見てもらった。

お茶を蒸らしているあいだ溝口はなにも言わなかった。

たまきも、丁寧にちゃんと淹れようと、気を引き締めて無言で手を動かした。

湯飲みに煎茶を注ぐ。茶葉のよい香りが立ちのぼる。

溝口が軽くうなずいたから、きちんとできたのだろうと安心し、頭のなかで次にすることをなぞりながら書斎へと向かった。

ノックをし、返事を待ってから入室する。

「だんな様、お茶のご用意をしてまいりました」

「うん。入って」

ドアを開けると、馨はタイを外した洋装姿で椅子にゆったりと座っていた。目の前の机には綴られた書類が置いてある。馨は紙を捲っていた手を止め、入室したたまきを見返す。

「ありがとう。俺の分は、ここに置いて」

どっしりとした机をこつこつと叩いて馨が指示を出す。

「アオ様、彼女が妻のたまきです。たまき、こちらはアオ様だ。アオ様のお茶はそちらのテーブルに」

書棚の手前にあるティーテーブルと椅子を指し示して、馨が言った。

「はい」

まずは客人にお茶を、と手にした盆から湯のみをアオの座るテーブルに置く。続いて馨の机にお茶を置く。お茶を三人分用意しろと言われたけれど、馨とアオしかこの部屋にはいない。

残りのひとつをどうしたらいいのかと戸惑っていたら、

「もうひとつは、たまきの分だ。アオ様の前のその椅子に座って」

――わたしがお客様の前に座る？

聞き返したかったが、客人の前で馨に二度も同じことを言わせるわけにはいかない。

「失礼いたします。座ります」

慌てて頭を下げ、テーブルにお茶を置いて椅子に座る。お盆はそのまま膝に抱えた。

「はじめまして、奥方」

すぐ目の前の男が柔らかな声音でそう言った。

たまきはあらためて「はじめまして。たまきです」と頭を下げる。

アオはひどく熱心にたまきを見つめている。人となりを底からすべて浚（さら）い出すような視線にさらされて、困惑したあと、たまきは「ままよ」と姿勢を正して取り繕うことなく無防備になった。

馨の妻としてどういう態度をとればいいのかわからない。

それでも、萎縮するのも、大胆になるのも、違う気がした。

すっとした切れ長の双眸（そうぼう）に整った鼻筋と、薄い唇。

アオは、綺麗な真水みたいな人だった。

寂しげで儚（はかな）げにも見えるその人の姿を見た途端、どこかで会ったことがあるようなと、わけのわからぬ郷愁を覚えた。

「きみ、かい？」

「え……？」

アオが言う。

「強くて美しくて無闇な優しさで女たちの心を自動的に撃ち抜いてまわることで有名な、桐小路馨の心を射止めたのは——きみかい？」

「え……あの」

ふい打ちすぎた。

返事ができず口ごもってしまった。おかげでおかしな間があいた。しかしこの質問には「はい」でも「いいえ」でも違う気がする。正しい受け答えが想定できない。

と――。

「アオ様？　俺は強くて美しいけど、無闇に優しかったことなんて、ないよ」

いまいましげな言い方で馨が告げる。

けれど、馨のその嫌そうな話しぶりにはたしかな親しみが含まれていた。だからなのか、固まっていたような部屋の空気がふわりと解けた気がした。少しだけ、たまきの気持ちが柔らかくなる。

アオが馨の言葉を聞いて楽しげに笑う。

「強くて美しいのは否定しないんだ。いまのは嫌味だ。伝わってないのかな？」

「俺が強くて美しいのは事実だから嫌味にならないよ」

「馨の存在そのものが現実世界に対する嫌味だよ」

馨が「ひどいな」と片手で胸元を押さえ、眉間にしわを寄せる。

欠片も傷ついていない言い方だった。仲がいいから戯れ言なのが伝わってくる。

「さて……奥方、もう少し手前に来て僕に顔を見せてくれ」

アオがたまきを手招きする。

馨もそうだが、アオもまた人を指図することに物慣れた男であった。話し方や態度で自然と伝わる。

そして、たまきは「命じられること」に慣れている。

「はい」

うなずいて、かしこまって強ばった顔のまま、じりじりとテーブル越しに顔を近づける。

アオの手がたまきの頬に触れ、顔を覗き込む。

近い距離の双眸が、たまきの視線をからめ取る。それまでは儚そうで綺麗な男でしかなかったアオの身体が、ぶわっと大きく膨らんだような気がした。威圧感と、こちらをはっきりと値踏みする意志を持つ視線がたまきの上にのしかかってきて、鳥肌が立った。

光が破裂したみたいに人の輪郭がばしっと解ける。

ただ明るいだけの強い光がたまきの視界いっぱいに広がったようになり、たまきはまぶしさと驚愕で思わず目を瞬かせる。

けれど——それは本当にその一瞬だけのこと。

すぐにアオはまた、優しい綺麗な男に戻り、弾けた輪郭を取り戻し当たり前の普通の人の姿へと戻っていった。

——いまのは、なに？

あんなのは、はじめてだった。

「奥方、どうしてそんなしかつめらしい顔を？」

「あの……まぶしすぎて……目が開けていられなくなりました」

素直に見たままのことを言う。

「なるほど。わかった。いいんじゃない？　僕はけっこう気に入った」

アオがそうつぶやいて微笑んだ。

なにがわかったのか、どこがいいのかも伝わらないが、それだけで充分だと思う。だって、アオは、馨のことを呼び捨てにしている。そして、馨はアオのことを「アオ様」と呼ぶ。そういう関係なのだろうと理解したから、自分がしゃしゃり出る必要はないし、へりくだっているのが正しいと判断する。

ここは黙って、ふたりのやりとりを邪魔しないでいるのが妥当だ。

「それで――きみはいつから馨の仕事を手伝うの？　僕は今日、馨に人捜しを頼みにきたんだ。きみもその話に関わってくれるのかな」

たまきは目を瞬かせて馨を見た。

――だんな様のお仕事は貿易の会社だわ。

銀座の一等地に店を構えている桐小路商会の名は、帝都では有名であった。

当初は侯爵の趣味の範疇（はんちゅう）の手慰みの会社などと揶揄（やゆ）されていたらしいが、先の大戦時

に、政府が海外の製品を調達する際には邦人による貿易会社を優遇すべしと内達があったことも追い風となり、あっというまに商売の規模を拡大させた。

世界の流れを読んで、取り扱い商品に鉄鋼などの重工業製品を加えたのも桐小路商会がはじめてであったと聞く。自動車や船舶、機械に武器と、扱うものは多岐にわたる。

——なのに、人捜しっていうことはひょっとして……。

不用意なことを言ってはならないと思ったから口を噤み、馨に救いを求める。

馨は嘆息し天を仰いだ。

「アオ様……、その話はたまきにはまだ早い……」

「仕事であって仕事じゃない業務が馨にはあるのだということを、奥方に知らせてないってことかい？　まさかきみは奥方に継ぎものについて教えずに結婚したんじゃないだろうね？」

「それは伝えているよ」

「それ以外のことは？　馨じゃ話にならないな。奥方に直に聞こう。奥方は馨についてどれくらいのことを知っているのだい？」

アオに軽やかな口調で尋ねられ、たまきの視線は馨とアオのあいだを往復する。

馨が特になにも言わずにたまきを見返したのを「わかっていることを告げていい」という肯定だと受け止めて、たまきは深呼吸をひとつしてから、小声で応じる。

「継ぎものと、それにまつわるお力をだんな様が持っていらっしゃることは存じております」

ちらりともう一度、馨を見る。

継ぎもの――あるいは魂継(たまつぎ)。

それは、由緒ある華族であり、貿易業を営んで財を成した桐小路侯爵家の隠し持つ裏側にまつわるものだった。

平安時代から桐小路の血を辿って脈々と伝わり続けたあやしの力。

彼らは人の、寿命を読んだ。そしてさまざまな未来を予言した。

桐小路は、先読みができるがために、投資を間違えることなく財を積み上げて栄え続けた。

桐小路侯爵の跡取りは、皆、その特殊な力を持っている。

というより異能の力を持たない者は、決して跡取りにはなれないのだ。たとえ正妻の子であろうと、長男であろうと、力を持たない者は家督を継げない。

――つまり、桐小路馨は異能の持ち主なのである。

ちなみに馨は側室の長男であるが、力があるため跡取りとして認められたのだと聞いて

いる。

馨の母は、馨が異能の才を発揮したときに、早世した正妻の後添えに迎えられて先代の妻の座に収まった。その早世したという最初の妻は、力を持つ子である馨の誕生を知り、悔しさのあまり惑乱し命を絶ったという噂があった。たまきには真実を確かめようもない話だが、さもありなんと感じさせる空気が桐小路家には漂っている。

力と地位、財への執着と、それゆえに肉親であっても心を許さず互いを牽制し合う、ぎすぎすとした空気が。

「じゃあ、話が早い。継ぎものの依頼だ。奥方も僕の人捜しを手伝いなさい。急ぎなんだ。手助けが必要だ」

いきなり命じられた。

「え……あの」

くちごもっていると、馨が片手で目を覆い、またもや嘆息する。

「アオ様、それについては必要に応じて俺がたまきに言う。采配はこちらにまかせて」

「なんで僕が言ってはいけないんだい？」

「なんでって……」

「馨はいつもそうやって大事なものを出し惜しみして隠すから、僕はきみが大切にしているものに触りたくなって焦れてしまうんだ。ねぇ、たまきくん、今日いまから僕とカフェ

に行かないか？　馨には断られてしまったんだが、僕はいまカフェやサロン、花街あたりに潜入して調べてくれるような人材を求めていてね。きみなんて適任のような気がするな」

アオはたまきの手を握り締め、ぶんぶんと上下に振って、さらに顔を近づける。

「カフェですか。あの……わたしはそのようなところに行ったことがなくて……それにサロンって……？　あ……文芸サロンという場所でしたら滋子様がよくいらっしゃっていると伺っております。あと花街は……わたしには無理です」

花街は女性が春を売る場所だ。その程度の知識はさすがにたまきにもある。

おたついていたら、馨が近づいてきてアオとたまきの手を取って引き離した。

ぎゅっと握り締めてくる指先が熱い。

——だんな様の、手？

馨に触れられたと思った途端、心臓が音を立てて跳ねた。

どこをとっても綺麗な桐小路馨だったが、手や指先は綺麗というより武骨で荒々しいのだとはじめて知った。

固く、節くれ立っていて、力が強い。

「いい加減にしてください。カフェもサロンも——ましてや花街なんて。たまきが真に受けたらどうしてくれるんですか？　華族たるもの、相応のふるまいをするべきだというの

を、アオ様は知らないわけじゃないでしょうに」

「知っているよ。ノブレス・オブリージュだ。でもね、カフェの女給もサロンの主も花街の女たちもそれぞれに生きているだけだ。彼女や彼らも高貴たり得るってことは、馨だってわかっているだろう？」

アオがやれやれというように首を左右に振って、つぶやいた。

「わかってます。己の職務に忠実に、自身の糧を得ている。そこに貴賤は生じない」

ノブレス・オブリージュがなにかがわからなくて、たまきは目を瞬かせる。高貴さや、仕事や、生きていくことに関わるなにかなのだろうと言葉の流れで察するだけだ。

――あとで溝口さんに聞いてみよう。

「それに、恋のひとつやふたつ、好きにすればいいと俺は思ってる。恋愛相手すら自由に選べないなんて、そっちのほうが間違っている。特にいまだこの國は、女性が自在に生きることを制限する癖があるからね。でもそれとこれは別です。俺の妻の手を、俺の目の前で、熱烈に握り締めるのは見過ごせなかったので仕方ない。そんなことをして俺に殴られないのはあなたくらいだ」

と馨は尖った声で続けた。

流れる会話はたまきの横を素通りしていく。たまきが入室する以前からの話の続きなのだろう。言葉はわかるのだが、どうして恋愛の話になっているのかが、いまひとつ理解が

できずにいる。

ただ、馨に握られた指先が熱いと思う。

「まあ、僕くらいだ」

アオが目を細くして笑って応じた。呆(あき)れるくらいにあっけらかんとした肯定である。絶対に自分はなにをしても馨に怒られないし嫌われないと決めつけている言い方が、いっそ清々(すがすが)しい。

馨が、握り締めたたまきの手をそっと解いた。

「開き直らないでくれ。たまきが困って泣いたらどう責任をとる？」

「え……でもたまきくんは別に泣きそうになってない。普通の顔をしているよ？　どっちかっていうと笑っていたんじゃないかな。驚いてはいたけれど？」

「ああ言えばこう言うんだから、あなたはっ」

そして、ふたりが同時にたまきを見た。

――わたしはたぶん泣きそうな顔はしていないわ。

きっと困った挙げ句に半笑いの妙な顔になっていたに違いない。

だっていつもそうだから。

――能面女。

喜怒哀楽が欠けていていつも半笑いで気味が悪い女。

たまきはあちこちでそう言われて生きてきた。

もはやどうしたらいいのかわからなすぎて、たまきは馨とアオの顔を交互に見つめて
「あの……あの……すみませんでした……」とおろおろと意味なく謝罪してしまう。

「なんで謝るの？」

きょとんと返されてたまきは絶句する。

なんでと言われても。

「たまきくん、僕の花は、おもとだ」

アオが笑顔のまま、小声でそうささやいた。

その言葉に、馨がはっと息を呑んだ音が聞こえた。

おもとって……万年青のことだろうかと首を傾げる。すっと長くのびる緑の葉が美しい観葉植物で、赤い実が愛らしい。

「じゃあ、そういうことだ。ところで、たまきくん」

なにが「そういうこと」かも不明なのだが、アオはそう結論づける。

「……はい」

「僕は、基本、外であらかじめ予定に組まれていない飲食はしないんだ。たとえ桐小路家であってもね。せっかく淹れてくれたのに、口をつけられなくて、すまないね」

真顔で謝罪され「あ……いえ」と口ごもる。

「うん。たまき、お茶については気にしなくていいよ。それにアオ様の分は俺が飲む。たまきが淹れてくれるお茶は美味しいからね。味覚音痴のアオ様にはもったいない」

しれっとして言う馨に、アオが笑い声をあげてつぶやく。

「……馨のそういうところが僕はとても好きだよ」

アオが笑顔で立ち上がった。

「さて、邪魔をしたね。また夜に」

「また夜に？　あなたはあらためてまた夜に会いたいって言うのかい？」

「いいじゃないか。一日に何回も僕に会えることを光栄がってくれていいんだよ？　なんなら明日の夜も会おう。どちらにしろ馨は僕に毎日報告しなくちゃならないことがあるんだから」

「そうだけれども……」

「さて、見送りは不要だ。帰る」

「不要なはずないじゃないか。あなたは本当に無茶を言うから」

言いしな馨はさりげなく立ち上がり、カーテンに隠れた壁に設置された呼び鈴を押す。押してもこちら側では音は鳴らないが、つながっている使用人部屋の機材にちかちかと光が点滅する。すぐに溝口が部屋にやってきた。

「溝口、アオ様がお帰りだ。車を頼む」

「はい。ご主人様」

アオは笑顔のまま部屋を出た。溝口がその後ろをついていった。

いったいなんだったのかと呆然(ぼうぜん)とアオを見送ってから、はっと我に返る。

「それでは、わたしはこれで失礼いたします」

が、馨は立ち上がりかけたたまきを押し止(とど)めた。

「いいからきみはそのまま座って」

「はい」

「冷めてしまったのが残念だが、お茶を飲んでいくといい」

「……はい」

たまきは指図されたように椅子に座り、自分の淹れたお茶を飲む。

湯のみもちゃんとあたためた。一度沸騰させてから冷ました適温の湯で、馨の好きな茶葉を使って淹れた。ふわりと鼻腔をくすぐる茶の香り。馨は少し渋いほうが好きだから、合わせて茶葉の量は多めにしている。苦みのあとで舌に残る甘みを感じる。

「きみはアオ様をどう見た?」

馨は、アオがさっきまで座っていた対面の椅子を引いてそこに座った。

「……不思議な方でした。とりとめのないような……でもどこか懐かしいような。ただ……とにかく……まぶしすぎました」

たまきの返事はおかしくなかっただろうか。

馨は「うん」と応じただけだった。

たまきを見返し、首をわずかに傾げ、たしなめるように優しく続ける。

「たまき。もっと深く、背もたれに背中を預けてしっかりと座りなさい。きみはいますぐ立ち上がりそうな座り方しか、しない」

「はい」

椅子に深く座って馨を見る。

「うん。たまき、お茶を飲みなさい」

手元のお茶を指し示して言う。

「はい」

「そのお茶は美味しいかい？」

たまきの好みからすると、少し、苦い。でもこれが馨の好きなお茶だと習っている。湯のみを両手で包むように持って、顔の下半分を隠し、馨の様子をちらりと窺う。

「……たまきが思ったことを言っていい。言ってごらん」

「美味しい……です」

「そうか」

馨は、息が抜けるようなそんな言い方で、うなずいた。

「俺は、渋い煎茶が好きだが……」

「……はい」

だが……のあとに続く言葉はなんだろう。

――わたしのこの淹れ方では、美味しくない？

もう少しこうしたほうがいいとか、教えてくださるのかしら。

たまきは、固唾を呑んで、馨の言葉を待った。緊張で頬が強ばる。

が、馨はそれ以上なにも言わなかった。

その代わり、馨はアオが置いていった湯のみに口をつけ、味わうように飲んで満足そうに「ほう」と吐息をついた。

優美な吐息であった。

閉じた睫（まつげ）がかすかに震える。そのまま額に入れて飾りたくなる。不味（まず）いものを飲んでいる様子には見えない。ひとくち、さらにもうひとくち。こくんと動く喉を見守る。表情と態度から推察する。たぶん馨はちゃんと美味しいと思ってくれていると、そう伝わった。

「とても美味しいよ。これは俺の好みのお茶だ」

「ありがとう……ございます」

「本当に美味しいから俺が二杯とも飲んでしまうよ。俺の好みの味になるまで、たまきは何度もお茶を淹れる練習をしていたんだね。ありがとう。煎茶だけじゃない。きみの淹れ

てくれる紅茶も実に美味しい」

——美味しい。

誉め言葉が嬉しくて、心が柔らかくなる。

たまきの肩の力がふわっと抜けて、そうしたら全身が重たくなって椅子に縫い止められたような、そんな気になった。

馨がたまきをちゃんと見て、努力を認めて、誉めてくれた。

「ところで、たまきは、甘いものは好きかい？　もし好きならちょうどいただきものの菓子があって」

馨が言う。

「いえ」

慌ててたまきは首を振った。

嘘だ。本当は甘い菓子は好きだ。

でも、どうしてか素直にそうは言えなかった。好き嫌いなどというものを伝えるなんて、図々しいような気がして。

「そう？　若い女性は甘いものが好きなものだと思い込んでいたよ」

たまきは無言でうつむいた。

たまきには少し渋めの味のお茶を一気に飲み干す。

「ごちそうさまでした。夜のご会食はそのまま予定通りなのですね」

「アオ様がそう言っていたから、そのようだね。なんでまた一日に二度もあの人と会わなくてはならないのかな、いまさっき会ったので要件はひとつ済んだはずなのに」

そうぼやくが、馨の口元には好ましげな微笑が浮かんでいる。

「時間になりましたら着替えをご用意いたします。それではわたしは仕事に戻りますので」

「うん。着替えは着物にしてくれ。アオ様は俺の和服姿が好きなんだ。和服で会うと機嫌がいい」

「はい」

立ち上がるたまきに、馨が「ありがとう。たまき」と微笑んでそう言った。

そうして――。

アオが語った「僕の花は」の意味をたまきが理解したのは、書斎を出て、茶器を洗っていたときである。

――アオ様は、宮家の方なんだわ！

宮家の、身分の高い人たちは、生まれてすぐに自分のしるしとして花の名前を与えられ

る。本当の名前とは別の、花の名前。持ち物にはその生まれの花を刺繍され、非公式の手紙や書類にもその花の名前が記される。

身分の下の者たちが高貴な方たちのお名前を記すことも、口にのぼらすことも畏れ多いから、花の印章が使われることになったのが発祥だと聞いたことがある。

だから、たまきはアオに、懐かしさと信頼を感じたのだろう。

宮家の人たちが身に纏う空気には共通のものがある。たまきのような立場の人間が近くでお会いすることはないから、宮様たちを直に見たことはなくても、お写真を見る機会は幾度となくあった。その優美な物腰や佇まいは自然とすり込まれ記憶されている。

——おそらくアオ様というお名前は偽名で、お忍びでここにいらっしゃったのだわ。だから飲み物にも手をつけなかった。

体調を崩したら、桐小路家に責任が発生するから遠ざけたのだ。

そういう方が——たまきに対して、万年青がしるしだと名乗ってくださった。

だから馨は、アオの言葉にはっとして息を呑んだのだ。

「わたし……大変なことをしてしまったのではなくて?」

近しい間柄ではない、初対面のたまきに、自らの花の名を告げてくれたというのに、あんな不調法な態度で受け流してしまった。なにを言われたかわからないで首を傾げていたなんて、恥ずかしいったらない。

——わたしは、なにからなにまで、そんなふうなのだもの。

瞬時にそれを把握していたら、もっとかしこまって礼を述べたのに。

たまきはまたもや落ち込んでしまったのだった。

夜になる。

たまきは、二階にあてがわれた自室に戻った。

たまきが使っているのは、もとは使用人用だった四畳半の和室だ。私物の少ないたまきには、この程度で充分だ。最初は別な広い部屋を与えられていたのだが、広すぎて落ち着かないからと、この部屋に変えてもらった。

「一日なんてあっというまね」

明かりをつけて、寝間着に着替えなければと思うのだけれど、一旦座るとそこに根が生えたみたいになって動けなくなった。

自分で思っているよりも疲れが溜まっているのかもしれない。そういえば、今日、ちゃんと座ったのは、馨に呼ばれてお茶を淹れて椅子に座ったときだけだった。

——明日の朝も早いから、もう寝なくては。

溝口が毎日、使用人たちに早朝から指示を出し仕事をこなしているのを目の当たりにし

ているから、気ばかり焦る。妻として、溝口の職務を引き継がなくてはならないはずなのに、なにひとつまともにできていない。

あれもできなかった、これも溝口がやり直してくれていた——と一日を思い返して指を折り、たまきは我知らず重たい吐息を漏らす。

桐小路家は特殊な家だ。

普通なら華族の妻がここまで朝から晩まで働くことはないはずだった。

「でも、当たり前の侯爵家のお嫁さんのように楽な暮らしではないけれど、それでもいいかと最初に馨様に何度も聞かれて嫁いだのですもの。忙しいのも大変なことも織り込み済みで覚悟していたわ……」

妻であるたまきこそが、誰よりも早くに起きて、厨房を点検し献立を決め、しっかりと調理をし、掃除をして屋敷内を見まわり、合間にだんな様の衣服を手洗いして整えることを、輿入れした翌日から求められていた。

馨にはなにからなにまで世話になっている。

だからたまきは、なんとかして馨にとっての「よい妻」になりたいのだけれど。

——なかなかうまくいかない……。

と——しんとした夜の空気のなかを、廊下を歩く小さな足音が近づいてくる。子どもの足音だ。こんな歩き方をするのは、別邸であるこの洋館のなかではひとりしかいない。

たまきはそうっと立ち上がり、引き戸を開けた。

案の定、そこにいるのは——弟の信夫である。

「姉ちゃん……じゃなくて、お姉様……」

たまきと信夫は、ふたりとも、まだまだ桐小路家での生活に慣れていない。食事のマナーや立ち居ふるまいもそうだが、たとえばこんなふうに信夫はついうっかり、たまきに「姉ちゃん」と呼びかける。

「……あ。ごめん。いま、間違って〝姉ちゃん〟って呼んだこと、溝口さんには内緒にしてね」

「溝口さんに？」

「溝口さんに怒られちゃうんだ。お姉様とお言いなさいって」

きゅっと首をすくめて笑って言う。おそらく溝口の叱責は、信夫にとってはそこまでつらいものではないのだろうと思えたから、たまきも「わかったわ」とうなずいた。

「でも、こんな遅くにここに来ることのほうが、見つかったらきつく怒られそうよ？　子どもはとっくに寝ている時間だわ。この前も風邪をひいたばかりでしょう？」

信夫は、たまきには、あまり似ていない。

色白で色素が薄い西洋人形のように整った面差しは、母譲りのものである。線の細い華奢な体躯も、細い手足も、母譲りだ。いまにも消えてしまいそうな儚さがあって、たまき

はときどき、信夫の行く末が怖くなる。

「ごめんなさい。ただ、お姉様はずっと忙しくされていて、夕飯のときにもいらっしゃらなかったでしょう？　だから夜になるのを待っていたの。あのね、僕、おやつの時間にとても美味しいお菓子をいただいたんだ。すっごく美味しかったから、お姉様にも、食べてもらいたいと思って」

信夫がそう言って、手にしていた包みをそっと差し出す。

暗い廊下で、信夫の手のなかの菓子は、ほわりと黄色味を帯びて明るく浮き出て見えた。

「これね、カステーラって言うんだって。このざらざらとした茶色いところがとっても美味しいんだ。甘くて、食べると口のなかでしゃりしゃりとして溶けていくんだ。僕、食べたのがはじめてだから感動しちゃって。お姉様は食べたことある？」

優しい黄色の焼き菓子の、上の部分のほんの少しだけ焦げたような茶色をしている。懐紙に大事に包まれているそれを、信夫はひとりで食べずに半分を割って大事に残してくれたのだ。

「食べたこと、ないわ。カステーラって卵をたくさん使って焼くお菓子よね。取っておいてくれたの？」

「うんっ」

大きな目がたまきを見上げ、瞬く。

「わたしに残してくれなくても、信夫がひとりで食べていいのに」

「だけど、僕は、お姉様に食べてもらいたかったんだ。美味しいものは、誰かに食べてもらうほうが、ひとりで全部食べてしまうより美味しいんだ。お姉様はいつもそう言って、僕となんでも半分こしてくれたじゃないか」

首を傾げ、少し拗(す)ねた言い方をする。

「そうね」

それは、ふたりがお腹いっぱいにものを食べられない貧しい暮らしのなかで、たまきが精一杯のやせ我慢で信夫に告げた言葉であった。食べ物があるときは、自分ひとりではなく、なんでも信夫に半分、分けた。信夫はとても賢く優しい弟だったから、たまきの空腹に気づき、子どもだというのに遠慮しようとすることがあった。そのたびにたまきは言った。誰かに食べてもらうほうが、ひとりで全部食べてしまうより美味しいんだよ、と。

「じゃあ、ほら。部屋に入って。廊下は寒いから」

「うん」

部屋に招き入れ、戸を閉める。部屋の明かりをつけるかどうかを考えて、結局、蠟燭(ろうそく)に火を灯(とも)した。炎が柔らかく小さな丸い光の円を描く。

信夫が座ると、たまきはその後ろから手をのばして信夫を引き寄せて「寒い寒い。ああ、だけど、信夫の身体は、ぬくいねえ」と、信夫を湯たんぽみたいにしてぎゅうっと抱き締

めた。信夫が少し照れた顔でくすくすと小さく笑って、たまきの腕からすり抜ける。

以前の信夫は、冬になると風邪をひき、発熱してよく寝込んでいた。今年は、まだ一度しか熱を出していない。きっと桐小路家に来て、栄養のあるものを食べているからだ。

「美味しいものは、半分こ。半分この、もう半分こ」

節をつけて歌うようにそう言って、信夫がくれたカステーラの半分をさらにもう半分に割って、ひとつを信夫に手渡した。

「僕はいいのに」

「駄目よ。だって夜食も誰かと一緒に食べるほうが美味しいもの。ただし、みんなには内緒にね。……いただきます」

信夫より先に、頬張る。そうすると、信夫もにこっと笑って半分を手に取り、たまきにさらに身体をすり寄せる。

卵と砂糖の優しい味が口のなかいっぱいに広がる。しっとりとした生地を噛むと、舌先でほろりとカステーラが解けていく。甘味が疲れた身体に沁み込む。

信夫が教えてくれたように、茶色い生地の部分は砂糖が溶けて固まっていてじゃりじゃりとした食感と糖分が特別に美味しかった。

「本当だわ。信夫、カステーラって美味しいね。甘くて、ふわふわしている」

なにより甘いのは——こんなに美味しいものを、信夫がおやつとして与えられていると

いうその事実だ。ここに嫁いできて、よかった。このためになら自分はいくらでも頑張ることができる。

「うん。これね……お姉様と、昔によく食べた、黄色いお月様の味に似てると思って」

「お月様の味？……そうかもね」

「特別に黄色いときのやつ！」

信夫が顔いっぱいで、笑う。

ふたりは昔、お腹がすいて、だけど食べ物がないときに、そのへんにある光景のなかでいちばん美味しそうなものを、手に取って食べるふりをしたものだった。空想だし、実際に食べられるわけじゃないからこそ、食べ物以外のものを〝食べる〟ことが多かった。幼いときの信夫は、たまきが「ひょいっ。ぱくっ。ああ美味しい」と、空に手をのばし、月の光を摘まんで食べるふりをすると、無邪気に笑って真似をした。

空にかかる光るお月様。星。街路に並ぶガス灯。光はいつでも、甘い気がした。太陽はどの時間帯のものでも、柔らかくて、強い味わいのような気がした。電線や線路は固くてしょっぱいのだと決めていた。想像ではそんなすべてが、彼らの口のなかで贅沢なご馳走だった。

「ひょい。ぱくっ」

思い出して、たまきは蠟燭の炎を摘まんで食べる真似をする。それを見て、信夫も同じ

に炎を摘まんで口に放り込む。顔を見合わせて、これはふたりだけが知っている嘘で、内緒事だと、くすくすと笑う。

半分のお菓子を残しておいてくれた弟の優しさが嬉しくて、隣にある体温があたたかくて、胸の奥まで甘くなっていく。

たまきは信夫の前でだけは普通の気持ちで笑うことができる。両親を失って、たったひとりだけ残された愛おしい弟。取り繕わずに、甘い気持ちにも悲しい心地にもなることができる。

「信夫、なにかつらいことはない?」

小声で聞いた。

「お姉様とあまり会えないのが、つらい。お姉様はいつもどこかで働いていて、僕は僕で、学校から帰ってきたらすぐに家庭教師と勉強で」

「お勉強は、難しい? 家庭教師の先生は、お優しい? 桐小路の人たちにひどいことを言われたりしていない?」

「勉強は難しいところもあるけど、おもしろい。家庭教師の本田先生も、厳しいけれど、優しい。あと、馨様はお忙しいからめったにお会いできないけど、会ったらいつも勉強のことと身体のことを聞いてくる。それで、学校や家庭教師の試験にいい成績をとると、ご褒美だよってあとになってから珍しい食べ物をこんなふうにくださるの」

「このカステーラは、だんな様が？」

「うんっ。お昼間に少しのあいだ会社から戻ってらしていたでしょう？　そのときにいただいた。本当はね、お姉様にもカステーラ渡したかったんだけど甘いものが嫌いと言われたからって、馨様がしゅんとされていたの」

「そう……」

どうして「甘いものが嫌い」だなんて嘘をついたのかとたまきに聞かないのが信夫の聡いところだ。無意識に、相手が聞かれたくないだろうことを聞かずにするりと躱す。昔からそうだった。

「馨様以外の人たちのことは、よくわからない。本邸のほうには行かないから、僕、皆さんにお会いしないもの」

「そう」

信夫がたまきとの距離をさらに詰めた。

顔を覗き込んで、思い詰めたようにして聞いてくる。

「……お姉様は？　お姉様はちゃんと幸せですか？」

「幸せよ」

「お姉様はあんまり休んでないよね。座って休む時間もないみたいだ。それにお姉様はつらいことがあっても、つらいって絶対に言わないから」

「そんなことはないわよ」

「悲しいときも泣いたりしないし、悔しいときも怒ってるときも平気な顔で笑って過ごしているから。でも……僕はわかってる。お姉様が本当に笑ってるときと、嘘な気持ちで笑っているとき。みんな気づきやしなくても、僕は……」

だから僕がお姉様を守って支えなくちゃと、そんな気丈なことをきりっとした顔で訴える。

なんて愛おしい――弟なのだろう。

「そんな心配しなくても……大丈夫」

たまきは、信夫の頰のあたりを柔らかく摘まむふりをして「ひょい。ぱくっ」と、口に放り込む。ここに来るまではもっとこけた頰で、いつも青ざめていたのに、いまは血色もいいし肌がつやつやしている。

「ああ……信夫のほっぺたは、夜更かしの悪い子の味がして美味しいなあ」

笑って、頰をつつくと、信夫がむうっと「悪い子の味なんてしないよ」と膨れた。

「そろそろお部屋にお戻りなさい。ちゃんとあたたかくしてたくさん寝るのよ。たくさん寝ないと大きくなれないのだから」

「はい。お姉様、おやすみなさい。お姉様もちゃんとあたたかくして、寝てくださいね。お姉様こそ、たくさん寝ないと。あんまり無理して倒れたりしないでくださいね」

「わたしは頑丈な身体が取り柄なのよ。平気」

そういなすと、信夫は物言いたげながらもそれ以上の言葉を呑み込んだ顔つきで、自分の寝室へと戻っていった。

──この幸せを永続させるために、わたしができること。

たまきは、ひとりで、ちらちらと揺れる蠟燭の炎を凝視して、やらねばならないことについて真剣に考えていた。

二

私にもほんの少しだけ力があるけれど。
たいして役に立つものではないし、いいものでもないからと捨てられて、それきりだった。

『所詮あなたにはたいした力もない
いい加減身の程を知ってこの屋敷から去りなさい』

あの日も——その前の日も——手紙が文机(ふづくえ)の上に置かれていたわ。
筆跡を隠すためなのか新聞記事を切り貼りした手紙の内容はだいたい同じ。

『早く出ていきなさい
それが身のため

そうしなければ誰かの餌になって死ぬだけ』

死を示唆されればそれで私が立ち去るとでも思っているのだろうかと、私はそう思ったの。

ここを出ていくことも死ぬことも特に怖くはない。

だって私は別に生きていたいなんてそんなこと、願って過ごしてやしないのですもの。

こんな脅迫をする相手はきっと、さぞ、生きていくことを大切で素敵なものだと思っているのでしょうねと——私はそれがひどく羨ましくなった……。

◇　◇　◇

次の日の朝であった。

いつものように溝口とひと通りの新聞の談義を終えた馨が、朝ご飯の支度をしようとしたたまきを「ああ、ちょっと待って」と、止めた。

「たまき」

「はい。なんでしょう、だんな様」

「たまきはもう少し、世のなかのことや、世界について知ったほうがいい」

言いながら、馨は、新聞を一部、手に取って広げる。

それはつまり——いまのたまきは物知らずだということだ。

「……はい。申し訳ございません」

「謝らせたいわけじゃない。きみを責めているわけではないよ。きみは毎日生きていくのに忙しすぎて社会情勢に気をまわす余裕がなかっただけなんだろうとわかっているから」

「いえ……はい……いえ」

「——だから、溝口」

馨は、たまきではなく溝口を見た。溝口が「はい」と、馨に応じる。

「これからは毎朝の新聞の整理は、溝口ではなく、たまきにしてもらってくれ。たまきは、毎朝、いままで溝口がしてきたように、俺に新聞を運ぶ前に、すべての記事に目を通すこと。もちろん全紙だ。そのうえで俺に必要な記事だと思ったものは口答で解説を」

「え……」

たまきは、絶句した。

——家事はまだやれるけど……社会や政治や経済について解説をするとか……。

無理だと、思った。思ったけれど、そう言い返してはいけないことも理解していた。馨の命令は絶対だ。できないなんて、言えやしない。

「難しくて読めない漢字や言葉、言いまわしがあれば溝口に聞きなさい。頼んでもいいね、溝口？」

「かしこまりました」

溝口は応じた。

朝食を終えた馨が自室に戻ると溝口が少しのあいだ、逡巡（しゅんじゅん）してから口を開いた。

「おそらくですが、奥様のためになるとご判断されたのでしょう。奥様を叱ったわけではございません。だんな様はお優しい方です」

それは——わかる。

馨は優しい。

たまきは馨に嫌なことをされたことがない。

「はい……」

「朝刊については明日の朝に奥様に手順をお伝えいたします。明日は、いつもよりお早めに起きてください」

「はい。わかりました」

呆然としたまま、たまきはうなずいた。

早く起きることも、働くことも、厭（いと）わないが、新聞で政治や経済を学ぶのは、気が重い。

もともと、勉学は不得手だった。

でも、馨がそうしろというのなら、たまきはそうするしかないのだ。

とにかく桐小路の家に尽くさなくては。

たまきのような女を娶ってくれたのだから。

――わたしみたいな、なにもできない、呪われた力を持つ女を。

ふと過ぎった暗い想いに、たまきはひとり唇を噛み締めた。


さらにその日は、たまきの心を沈ませる出来事が立て続けに起こった。

たまきが仕事を片づけて自室に戻ると、文机の上に手紙が置かれていたのである。

開封するとなかから出てきたのは『早く出ていけ』というようなことが切り貼りされた便せんである。

ずいぶんと古ぼけて黄ばんだ便せんだが、それを入れている封筒だけは真新しいものだった。

宛名は書いていなくてもたまきの部屋に置かれているのだから、たまき宛なことははっきりしている。

「また……このお手紙」

実は、嫁いできてからずっと、何日かおきに似た内容の封書が置かれている。

たまきが屋敷にいることが気に入らない誰かの嫌がらせだろう。数多くの使用人に、本邸に住む馨の親族、疑いだしたら切りがない。溝口や馨に尋ねるのもはばかられ、ひとりで差し出し人が誰かを調べようとしたが、わからないままだ。

——わかっているのは私を憎んでいる人がこの屋敷にいるということだけ。

祝福された婚姻ではないことははなから承知だ。ひっそりと息を潜め、つつがなく月日を過ごすしかないから、やり過ごす。信夫のためにも、波風は立てたくない。封筒を文箱のなかにしまい込んで嘆息していると廊下からタミの声がした。

「奥様、奥様ったら。どこにいるのかしら。滋子様がご手配された俥が来ましたよ。早く髪結いさんのところに出かけてください」

尖った声だ。

今日もまた滋子が本邸を訪れたのだ。そのついでにたまきのところに顔を見せ「あなた、やっぱり髪型を変えなさいな。いますぐに。仕事については溝口に頼めばいいわ。わたしから言っておくから」と早口で言いつけた。

どうやら滋子が用意した美容室への俥が来たらしい。

たまきの立場で拒否などできるわけがない。

「はい。いま参ります」

たまきは慌てて長羽織を片手に部屋の外へと出たのだった。

そして――滋子に髪型を変えさせられた翌日のことである。

たまきは、雨避けの幌(ほろ)で覆われた俥に乗り、日本橋(にほんばし)中洲へと向かう。

熟した柿に似た日が落ちて、帝都は薄闇に包まれる。

法被を纏った点消方(てんしょうかた)が道沿いに並ぶガス灯を辿り、蝙蝠(こうもり)みたいに行き来する。長い点火棒の先にぽうっと浮かんだ白い光が、小刻みに闇を拭っていく。あちこちの家いえの窓にも明かりが灯り、道ばたに薄い影が刻まれた。

夜になって一気に気温が下がったようだ。誰も彼もが羽織ったコートの襟を立て、急ぎ足で行き過ぎる。

滋子に美容室に行かされて無理にセットをされた新しい髪型が、どことなく居心地が悪い。ひさし髪というものらしい。新しいその髪型に慣れていないからか、襟足がひどく寒く感じられる。長羽織の上にもう一枚、ショールでも巻いてくるべきだった。

前髪に手で触れながら視線を上げてみれば、白い雪がはらはらと空から剝がれるようにして落ちてきた。反射的に手を差しのばす。あかぎれの目立つ指先で受け止めた雪片は銀色に光り、あっというまに形をなくし、溶けていった。

「女橋を渡ったところで降ろして、そこで少し待っていてください」

俥夫に伝えると、男は足を止めずに顔だけ後ろに向けた。

「でも、お嬢さん。雪が降ってきた。歩くのも難儀だ。中洲っていうと、病院かい？　前までいくよ」

親切な申し出だが、たまきはやんわりと首を横に振る。

「ありがとう。でも病院じゃあないのよ。目立ちたくないの。だから橋のところで待っていてください」

「そうなのかい？　はいよ」

男の吐く息も、ぼうっと白い。

そのまま、たまきは俥に揺られていた。

すごい速度で走り抜ける街の風景は、いつも自分が見ているものとはどこかが少しだけ違う。桐小路家に嫁いでからの自分のまわりの景色はずっとこんなふうだ。なにもかもが早まわしで進み、めまぐるしい。

遠くから見て、そこだけはやけに真っ黒な土地が広がっていると目をすがめれば、それは中洲を囲む川であった。

家の明かりも、ガス灯の明かりも灯ることのない暗い川を越えて中洲に入ると、その先に見えるのは劇場真砂座だ。かつてはたいそうな賑わいだったと聞いているが、いまは見る影もなく寂れている。それでもまだ周囲には料亭や待合が、間引かれたようにしてぽつ

ぽつと残っていた。

「着いたぜ。女橋だ。ここでいいかい？」

「ええ。待っていてくださいね」

俥夫が降りるための足台を車軸のところから取り出して、たまきの足元に寄せた。摑めというようにのばされた男の手を頼ることなく、たまきは足台から、地面へとひょいっと飛び降りる。

冷たい風が頬をなぞる。

真砂座を越えて、川縁のはしにある黒瓦を載せた三階建ての建物が、目指す料亭である。隅田川を挟んだ向こう岸は深川で、そちらはきらびやかな繁華街だ。

門をくぐり店に入る。料亭の女将は、たまきの顔を覚えていた。そういえば以前、一度だけ馨に連れられて訪れたことがある。ほんのわずかな時間の滞在だったはずだが記憶しているとはすごいものだ。

女将が顎を引いて浅くうなずき、

「桐小路様でしたら、ご友人と奥の間にいらっしゃいますよ。お呼びいたしましょうか？」

とそう言った。

「いえ、わたしが参ります」

あらそうですか、と女将はたまきからすっと視線を外した。

艶のある板敷きの床をするすると歩く。着物の裾がぱさりと揺れる。

奥の間の廊下で膝をついて障子に手をかけ、そっと開ける。わずかに開いた隙間から覗く部屋はなんだか薄暗い。卓に並んだ豪勢な料理は手つかずで、酒の徳利だけがいくつか転がっている。

「……失礼いたします」

かけた声が思いのほか強く響く。

部屋にいるのは、アオと馨――そして芸妓たちだった。

アオはくつろいだ格好で、膳を前にして芸妓の膝枕で寝そべっている。アオの手にあるのは一葉の写真だ。指先でひらひらと写真を弄ぶようにして自分の顔を扇いでいる。

洋装の上着を脱いでネクタイを外したアオの無防備さに、艶めかしいものを感じて、ぽっと耳まで熱くなる。見てはいけないものを見てしまったような気がして慌てて視線を逸らす。

その少し離れた隣に座る馨に、芸妓がふたり、からみつくようにしなだれかかっていた。

芸妓たちはうっとりとしているが、馨はすっと背筋をのばして清潔で、乱れた様子が一切ない。これはこれでやはり妙に艶めいた風情に見えてしまい、たまきの胸の内側がとくとくと跳ねる。

「だんな様にお目通りを願いたいというお客様が家にいらしております。お迎えに上がりました」

どことも言えない斜め下の方向を凝視して、たまきが告げる。

「おや、奥方に直々に迎えにこられてしまっては引き止められないな」

アオがのんびりとそう言って起き上がった。

「じゃあこの写真——頼んだよ。彼女たちのおかげで花街にも置屋にもいないことだけはわかったことだし、ここから先は馨にまかせるしかない。醜聞は、馨の金の力で揉み消してくれたまえ」

アオが馨へと写真を手渡し、馨は苦笑を浮かべて受け取った。

「金だけじゃ人は動きませんよ?」

「知ってる。けれど無駄に金を食うやつらは金で簡単に動くことも知っているだろう?」

揶揄するようなアオの返事に、馨は懐へと写真を収めて立ち上がる。腕を解かれた芸妓が恨めしげに彼を見上げた。

「桐小路様……もうお帰りなんですか?」

「ああ。アオ様はまだしばらく残るようだから、アオ様のことをよろしく頼むよ」

芸妓に向けて艶やかな笑顔を惜しみなく振りまく馨に、ふたりのうちでは年下なのだろう芸妓が唇を尖らせた。

「いつも桐小路侯爵様は早々にお帰りになってしまうんですね」

拗ねたように言う年若い芸妓は愛らしい。甘えを含んだまなざしに、馨が返す。

「きみの三味線はいい音色だった。また聞かせてもらう」

「嬉しいことを言ってくださる。そりゃあね、あたしは伊達(だて)に左褄(ひだりづま)じゃないんですよ」

左褄を取るのは芸妓の証(あかし)。娼妓(しょうぎ)は着物の右褄を手にして歩くもの。芸で身を立てたくて芸を磨く女なのだ。

馨はそういうことをさらりと無邪気に言ってのける。

芸妓の横顔に、媚(こ)びではない本気の嬉しさがちらりと覗く。身体と芸で身を立てて生きる女が、恋にのぼせた乙女みたいな表情をするのを目の当たりにして、たまきの胸の表層が毛羽立った気がした。

こんなに温厚で優しい夫がいることを嬉しく思うべきなのに——どうして胸が痛むのか。

馨はいつもこうだから。

たまきに対してだけではなく誰に対しても。

相手の誉められたいところを、誉めて、のばす。

——その人が、わたしのだんな様なんだわ。

口には出さず胸中でひとりごち、たまきは静かに目を伏せた。

「たまき、わざわざ来てくれてありがとう。すまないね」

馨が言って、たまきの横を行き過ぎる。

「いえ」

その出で立ちは、たまきがひと揃い準備した和装姿だ。

彼は、とろりとした布地の着物がよく似合う。角帯に金の鎖の飾りを垂らした気障ともいえる出で立ちが、嫌味ではなく艶っぽい。人によってはなよなよした優男に見えるだろう色合いのものを、不思議なくらい凛々しく着こなせるのは、芯の部分の硬さと強さが透けて見えるからだった。

「お帰りですか」

と声をかけてきた女将に馨は「また来る」と笑顔を見せた。

背筋をのばした長身の立ち姿に、女将が後ろから毛皮の襟のついた道行きコートをさっと羽織らせる。

女将に見送られ外に出ると、噛みつくような冷気が身体を押し包む。

たまきは、馨からきっちり三歩下がって歩く。

「倖は、倖夫と共に女橋のところに停めております」

「……倖夫？　車じゃないのか」

桐小路家は専用の自家用車二台と運転手三名を抱えている。

「申し訳ございません。今宵はお義母様とお義姉様がそれぞれにお車をお使いになって外

出されていらしたものですから」

義姉の滋子は今日は、桐小路の車を使い子どもたちを連れて映画館と百貨店に、義母も車を使って帝劇に外出中だ。

「俺はきみを責めていない。謝らなくていいんだよ」

馨が困った顔になる。

「……はい」

「きみは充分よくやってくれている」

優しい口調で馨が言った。なにひとつまともにできていないたまきを、馨は、慰めようとしてくれている。

——でも。

馨は芸妓たちにも同じ笑みを向けていた。たまきに対してだけじゃない。

押し黙ったたまきに、馨が尋ねる。

「それで——たまき、客は誰？」

からんからんと馨の足元で下駄が鳴る。下駄から少しだけ突き出た彼の踵は白い足袋に包まれて綺麗に丸い。

「山崎造船所の山崎様のご次男です。商談ではなく〝継ぎもの〟のお話だとおっしゃいました」

「なるほど」

「いらしたのは山崎芳信（よしのぶ）様。お年は三十歳で、だんな様より六歳お年上でいらっしゃいます。山崎造船はご長男様がお継ぎになるご予定なので、ご自身は善共（よしとも）物産にお勤めになり二日後に青島（チンタオ）に転勤のご予定だとか。青島は遠いので無事に行き来できるのかを気にされて、だんな様に〝見て〟欲しいとおっしゃっています」

「……ふむ。それでたまきは、山崎を、どう見た？」

「わたしはそんな立場ではありません。見る、なんて。だんな様のようなお強い力を持ってもいないですし」

「たまきにも力がある。きみは、勘の鋭さを俺に見込まれて、うちに来たんだよ？」

謝罪の言葉が喉のあたりまでこみ上げてきたが、すんでのところで押し止める。

勘の鋭さを見込まれて嫁いできたのは事実だったから。

たまきには、どういうわけか、人を縁取る輪郭の光が見える。

人それぞれに色を変え、縁取る太さを変えた輪郭の光。ときどきその輪郭が光を失って黒くなり、断線して消えかけていたりする人がいる。そういう人は、死が近い。

たまきは、人の、死期を悟ることができた。

野性の獣の勘と、たまきは己の才覚をそう感じている。

人の持つべき力ではない、とも思う。

死の匂いだけを嗅ぎ取る力。

そのうえで死を遠ざけることもできず、ただ見守るだけの無能な己。

たまきにとっては不吉なものとしか思えないものであったが、その力ゆえに、馨よりずっと格下で、なんの係累もないたまきが桐小路に嫁ぐことができたのだ。

「たまきの力で〝見〟てくれてよかったんだ。大丈夫だ。きみの力は、いいものだから。自信を持つといい」

「……いいもの……なんでしょうか？」

戸惑うたまきに、馨が低い声で告げる。

「いいものだよ」

「はい」

「少なくとも俺にとっては〝いいもの〟だ。きみを見つけたとき、俺は心から安心したんだ。やっと求めている女性が現れたって。求婚のときにそう伝えたよ？」

「はい。伺いました」

「俺はきみの、その才覚が、俺とのあいだの子に遺伝することを望んでいる。三年で俺とのあいだに異能を宿す子を成すか、そうじゃなければ次代の才を持つ子を産む人を、きみ

が自ら自分の代わりに見つけてくれると請け負った。きみはそれを、忘れてはいまい？」

「はい」

しばらく無言で歩く。

もうじき女橋だ。

橋のところで待つ俥の梶棒の先の提灯が橙の光を滲ませ、揺れている。

道の上を覆う白い雪に、馨の下駄の跡が黒い。

「いまのところまだ子は成せそうにない」

ぽつりと馨がつぶやいた。

「それは……」

抗議しかけて、羞恥で顔が赤くなる。

——だって、寝所を共にすることすらないのに。

自分が初心な自覚はあるが、それでも子を成すための行為がどういうものかくらいの知識はある。コウノトリが勝手に運んでくれるわけでも、巨大な桃の実から生まれるものでもないこともわかっている。

「俺はたまきに無理強いをしたくない」

「はい」

また、しばし、沈黙が漂った。

そのあとに続く言葉を出せずに、俥夫の前までそのまま歩く。

俥夫がたまきを見つけ「お嬢さん」と笑いかけてくれるのに、小さく会釈する。

「たまき、この俥はひとり乗りだが？」

振り返って、馨が言った。

「はい」

桐小路家を出るときに、仲働きのタミに、ひとり乗りの俥しか呼んでもらえなかったのだ。ふたり乗りの手配をあらためてすると時間がかかる。手早く物事を進めるために、そのまま乗った。

「たまきが用意した俥ではないね。家の誰がこの俥を呼んで俺のことを呼んでこいとたまきに言ったんだい？」

ピシリと響いてくるような声音だった。

馨から普段は見せない熱と苛立ち（いらだ）を感じて、たまきは身体をすくめてしまう。

優しく、そつのない人だからこそ、たまに厳（いか）めしく他者を咎める物言いになったときにひどく怖い。

——告げ口をしたら、その人が怒られる。

「だんな様をお呼びするようにとは、溝口さんに言われました。俥を呼んだのがどなたかはわかりません」

言ってから「あ」と思う。

馨は異能の持ち主なのだ。いろいろなものを読み解いて、未来を知る異能の持ち主に嘘をついたら、ばれてしまわないだろうか。それなら素直にタミの名を出したほうがよかったのだろうか。桐小路馨のそれは、嘘つきを見破る能力というわけではないと聞いているけれど。

いや、だけどそれでタミが叱責されるのは、告げ口めいて嫌だと思う。

――わたしときたら、だんな様には嘘ばかりついている。

甘い物は嫌いだとか、俥を呼んだのが誰かはわからないとか、そんな些細な嘘ばかり。すべてを馨は見破って「なんでそんなに嘘をついているのだ」と呆れているのではないだろうか。

少ない時間のなかであれこれと煩悶していたら、その気持ちを読んでくれたのかどうか

――馨は、たまきの嘘について問いつめるのはやめてくれた。

「俺がこれに乗ったら、このあと、たまきはどうするつもりでここまで来たんだい？」

「市電を乗り継いであとから追えば済むことだと思っていました。わたしが不在でもだんな様さえ山崎様とお会いできたらいいのです」

「ふぅん……そう」

馨がたまきの手を取った。

「あ……の……。だんな様？」

離そうとしても、強い力で握り込まれ、手を抜けそうにない。

馨の手がやけに熱く感じられ、たまきの頬が、無駄に火照る。

長めの前髪が額にはらりと落ちて、弓なりの眉の下、光る双眸がたまきを間近で見つめている。

「アオ様に人捜しを頼まれた。たまきも直に聞いたと思うけれど」

「はい」

「――アオ様に言われるまでもなく、そろそろたまきにも〝継ぎもの〟の場をちゃんと見てもらわないとならないと思っていたんだ。人捜しは別として、山崎の次男とは、たまきと一緒に会うことにしよう。手伝ってくれるね、たまき？」

「わたし……ですか？　でも」

「山崎くんの人となりや悩みを俺が聞き出すから、それを判断材料として耳に留めるといい」

「あの……ですが」

「今回に関しては反論は駄目だ。嘘もついてはいけないよ」

柔らかくいさめられ、うなだれる。

――やはり、だんな様はわたしの小さな嘘なんて、見破っておいでなのだわ。

こんな言い方をするということは、たまきがいままでついてきた小さな嘘の数々を馨は察している。くだらない嘘の積み重ねを呆れながらも見逃していたのだ。

「これからは今夜のような大事な客が来たときは、きみも俺と同席しなさい。――だから次からは俺を呼び戻すときの俥はふたり乗りにしてもらうように。以降、継ぎものの客が訪れたときは必ず。わかったかい？」

返事をできずにいたら、馨が微笑んだ。

「別にきみに継ぎもののすべてをいきなりひとりでやってのけろなんて無茶は言わない。だって、きみはまだ俺が継ぎものの客と会っている様子を見たことすらないんだ。知らないものをいきなり、まかせようなんてしない。しばらく俺の側にいて、手伝ってくれればいい」

「はい」

「読み間違っても大丈夫だ。俺が横にいて、きみを支える。俺では頼りにならないかい？」

「いえ。まさか。そんなことはないです」

「よかった。いまのは、うなずかれたら落ち込むところだった」

するり――と、衣ずれの音をさせて馨がたまきの耳元に顔を寄せる。驚くたまきの口元から漏れ出た吐息を頬に受けながら、馨はたまきにだけ聞こえるように「今夜から、俺を

手伝ってくれるね？」そう静かにささやいた。

「は……い」

馨からは、たまきのよく知らない甘い匂いがした。先ほどまで親しく触れ合っていたのだろう芸妓の白粉の匂いだろうか。

馨は、誰に対しても優しいことを言ってのける。綺麗な顔と、艶のある声で、耳元でささやく。まわりをざわめかせ、自分ひとりは平然としている。

たまきの胸が苦しいくらいにずきずきと疼いた。

馨に優しくされればされるだけ、かえって胸が痛むのはどうしてなんだろう。

「きみだけを先に帰したら、きみはまた恐縮して縮こまってしまうな。今宵は仕方ないから俺だけでこの俥に乗るよ。でも、その格好では寒いだろう。これを」

馨が自分の道行きコートを素早く脱いで、たまきの肩へと羽織らせる。肩と襟があたたかい。

「たまきはずいぶんと細くて小さい。親の服を借りる子どものようで微笑ましいね」

袖も裾も長くぶかぶかで肩が合わないコート姿のたまきを見て、馨がかすかに笑う。

「あの……ですが、これではだんな様がお寒いです」

しかし馨はたまきの言葉に耳を貸さなかった。

俥夫が足台を用意すると、馨はそのまま俥に乗った。

ひとり乗りの俥では、たまきが置き去りになるしかない。俥夫はわずかに眉を寄せたが、あちらも商売だ。事情は問わず、無言で、足台をしまう。

俥に座り、幌に覆われた高い位置から馨がたまきを見下ろした。

「急いで帰ってきなさい」

「……はい」

たまきは「だんな様を、家までよろしくお願いいたします。上野の桐小路邸へ向かってください」と俥夫に行き先を告げる。

馨を乗せた俥が走りだす。

たまきは、両手を身体の前に揃え頭を下げて見送った。車輪の音が小さくなってから顔を上げる。

そしてやっと、誰にも聞かせられない本音を口にする。

「──わたしには桐小路の嫁なんて無理。だけど」

がんばろうと思っている。努力はする。

それでもどうにもならない部分がある。

自分は、取るに足らない存在だ。

取るに足らないどころか──忌むべき存在だ。

「こんななんの役にも立たない化け物みたいな力だけを持って……」

――お父さんの死も、お母さんの死も、どうにもならなくて。

先に亡くなった父のときはまだこの力がなんだかもわからなかった。が、母のときには死と光がつながっていることに気づいていたのに、なにひとつできなかった。たまきはとことん無力だった。

母は、たまきと弟の信夫を必死で育て、静かにゆっくりと生命力を削ぎ落として、儚くなった。どれだけ家事を手伝おうと、栄養のある食べ物を母に渡そうと、薄れた光は戻ることがなかった。黒い輪郭が母の姿を縁取っていくのを幼いたまきは絶望と共に見つめて過ごした。

そうして、母の姿をとりまく光が薄く剝げて欠け落ちていくのを見ているうちに、たまきの心のなかにあった気力や感情もぽろぽろと剝落していったのだ。

生命というものの器が欠けてひび割れていく怖さを、たまきは肌身で悟ってしまった。なにをどう注いでも、割れた器は満たされない。死ぬ運命のものは、死ぬしかない。

母を亡くしたそのときには、たまきの気持ちの一部にもひびが入って欠落し――以来、たまきは当たり前に悲しんだり怒ったりができなくなった。

それでも別に困りはしない。

たまきの代わりに信夫が、泣いたり怒ったり笑ったりしてくれた。

もうずっと、側にいる弟の輝きとぬくもりだけが、たまきを生かしてくれたのだ。

「……わたし、本当は桐小路家の嫁になんてなりたくない。なれるような人間じゃないわ。ましてあんな綺麗でなんでもできるだんな様と子を成すなんて、恐れ多いことできない。それに……怖い」

自分の持つ力は、呪いなのだとずっと思って生きていた。

たまきは死を看取ってばかりいる。見送るだけでなにもできない自分は忌まわしい存在でしかない。

この力があるからこそ、父も母も早世したのではとすら思っていた。

——そんなわたしを、だんな様は妻にと望んでくださった。

いまだ恋をしたこともなく、男性とつき合ったこともない、たまきである。

いきなり子を成せと言われても、不安しかない。

……ないけれど。

子を産まなければ、弟は——とても優秀な弟なのに——教育の機会を得られないままだ。

結婚をしたけれど、馨は、たまきに同衾の無理強いはしないのだ。それはありがたいことだけれど、同時に不安なことでもあった。このままでいいのか、どうか。いいわけなんて、ないのはわかっているのに、身体が動かない。

馨はずっとたまきのことを待ってくれている。

溝口を通じて家のなかのことや立ち居ふるまいを教わり、新聞記事の読み解きを通じて

世のなかのことをひとつひとつ学び――。

「わたしは……だんな様の子を産むのだわ」

途方に暮れた声が出た。

それも異能を受け継いだ子を産まねばならない。

「わたしにある、化け物の力。使い道なんてなかったし、わたしはこの力がずっと嫌だったけれど……他人の寿命が読める……なんて忌まわしい力ですもの。しかも……」

――だんな様のお力のように、何年何月までとか、そういうのはわからないのよ。未来が読めるわけでもない。不吉なだけの力。

でもこの力で馨を手伝い、この力を備えた子を成せたならば、馨は、信夫の面倒を見るという約束を果たしてくれるのだ。

だったらたまきもまた、馨との約束を果たさなくては。

信夫は、たまきと同じ屋敷で暮らし、家庭教師もつけてもらって、毎日さまざまなことを学んでいる。来春には中学校に上がる予定だ。

たまきは大きく息を吸い込んだ。

冷たい空気が肺を満たした。

身体の内側まで冷やしてしまえば、頭にのぼった血も熱も下がる。

降り積もる雪が明かりを映してきらきらと瞬き、遠い街すべてが、とろりと溶かした飴(あめ)

衣（ごろも）をまぶしたかのように淡く光って見えた。

市電と徒歩とで上野の桐小路邸まで帰りつく。

通用門から洋館へと向かった。

玄関のアーチをくぐると、一階のホールの奥にある応接室から、馨の笑い声が響いていた。たまきの帰宅に気づいた、仲働きのタミが足早に近づく。

たまきの羽織った馨の道行きコートに眉を顰める。なにか物を言いたそうにしている様子に身構えたが、皮肉を言うのはやめたらしい。妙に雄弁で嫌味のこもった吐息をひとつ漏らし、

「お急ぎにならないと、だんな様がお待ちです」

とだけ告げた。

「はい。いま、行くわ」

道行きコートを丁寧に畳んで片づけてから大急ぎで部屋に進む。

ドアをノックし、ひと呼吸置いてから「たまきです」と声をかける。

「入りたまえ」

馨の声がした。

「失礼いたします」

顔を伏せ、静かに室内へと入る。馨は、英國から取り寄せたどっしりとした長椅子でくつろいでいた。その向かいの席に軽く身を乗り出して座っているのが今宵の客人だ。シャンデリアの明かりの下で、男たちは輸入物のブランデーを飲み、紫煙をくゆらせている。葉巻のきつい匂いがする。

「すでに先に会っていたね。これがうちの妻の、たまきだ」

あらためて紹介され、頭を下げる。山崎が笑顔で、たまきを見た。

「はい。ここに案内をしてくれたのが、奥様でした。桐小路侯爵が、若くてかわいらしい奥方を迎えられたという話はあちこちで伺っていましたから、ひと目見たいと願ってました。お目にかかれて光栄です」

山崎が如才なくそう応じた。短く刈った髪に四角い顎はいかついが、少し垂れた目元が優しげで、なかなかの男前である。最新流行の洋装も実にさまになっている。

「そうだね。かわいらしくて自慢の妻なんだ。なあ、たまき?」

ここで「なあ、たまき」と言われても同意はできない。どこも自慢の妻じゃない。馨はそう言ってくれるけれどいつもたまきは答えに困ってしまう。

仕方なく曖昧（あいまい）に微笑んで首を傾げる。

「たまき、ここに座りなさい」

馨は長椅子の自分の隣をとんとんと片手で軽く叩き、たまきに座るようにとうながした。

たまきは目礼してから静かに横に座り、膝を合わせて前を向き、山崎を見つめる。

「ところで――たまきを待つあいだに山崎くんといろいろと昔話ができたんだ。山崎という名はそんなに珍しいものではないから迷っていたが、山崎家の弟ぎみとは、遥か昔に、伊豆の別荘で一緒に遊んだことがあった気がしてね。聞いてみたら、どうやらちょうど時期を同じに伊豆にいたようだ」

馨の言葉に、山崎が相づちを打つ。

「はい。うちも伊豆に別荘を持っておりました。ですから、桐小路様が会った山崎はおそらくうちの弟でしょう」

「いまも伊豆に別荘が？」

「いえ。伊豆が好きだったのは弟だけだったので、私たち兄弟が大きくなった折に父が手放してしまいまして」

「それで、弟ぎみの記憶はあれど、きみとは会うこともなかったというわけか。なるほどなあ」

「そうですね。私なんかは弟とは年が離れておりましたから、海辺で遊ぶということもあまりなく、桐小路様とはお会いする機会がなかったのでしょう。いまにして思えば残念な話だ」

「残念でもなんでもないさ。別になにをしたってわけでもなく、砂の城を作っただけだ。俺は小さなときは身体が弱くて、田舎での静養を医師に勧められてね。海風がいいと言われたけれど、俺は泳ぐのは不得手だったから、いつもふてくされて駄々をこねていたのさ。きみのところの三男には、だからとても世話になったよ。共に遊んでくれる相手がいるってことは、子どもにとっては大事なことだった」

「なにか失礼なことをしでかしていなかったかが心配ですよ。あれは、やんちゃだったから」

「なにもしてやいないさ。しかし、そうか。あの、俺と砂の城を作った彼は、海軍学校を首席で卒業し、中尉としていまは國防についているのか……時の流れってのは、すごいねえ」

たまきは必死でふたりの会話を頭にすり込んでいく。

「きみのところの弟ぎみは、機転が利くよ。誰になにも言われずとも、後々に〝あれは実にいい選択だった〟と皆が思える道を選ぶ者は、強運の持ち主だ。強運の家族がいるきみも、強運だ」

ブランデーのグラスを傾け、馨が言った。

「はい」

うなずいた山崎の、顎のあたりが固く強ばった。緊張しているのだろうか。

「なあ、たまき？　たまきは海軍についてどう思う？」

突然話を振られ困惑する。でも無言でいるわけにもいかず、わからないなりに口を開く。

「……はい。あの、わたしは……兵隊さんたちには、守ってくださってありがたいとだけ思っております」

「そうか。たまきはもし自分が異國に船で行くことになったら不安になるかい？」

馨が微笑んだ。

「よくわからない場所に船に乗って行くのは、わたしだったら怖いです」

馨が首を傾げて問いかけたそうにしたから、さらに言葉を紡いだ。馨のように先が見える人にはわからないことだろうけれどと思いながら。

「いまでもわたしは……未来が見えないなかで先に進むことに不安を覚えることがあります。まして異國に向かうのです。誰だって、怖くなるはずです」

「なるほど。誰だって未来が見えないなかで先に進むことに不安を覚える。たしかにそうかもしれないね。たまきの言葉は、わかりやすい」

馨がにこりと笑顔を見せた。

「だが、不安だからと一歩も先に進まないわけにもいくまい？」

「はい……」

たまきがうなずくと、馨の顔から、笑みがかき消えた。

かすかに唇を開き、憂うような遠い目をする。

紫煙に包まれた部屋の様子もあいまって、馨の美貌はやけに神秘的だ。

彼は名のある役者のように視線ひとつ、声の響きひとつであたりを支配し、人の心を震わせることができる。

「山崎くんは中國語は日常会話がどうにかできて、英語はそこそこに堪能なんだそうだ」

馨が物憂げにぽつぽつと山崎の人となりを語る。

当人を目の前にしているのに、てらいなく馨が感じたままを口にしている。山崎はというとかしこまった面持ちで神妙に馨の話に聞き入っている。

「順調に出世しているのは、親の力だけじゃなく、自分の才覚だろう。人柄はいい。ここぞというときの押しが弱く、ときどき気持ちが顔に出るのを、難点とするか——美点とするかは、相手によるかもしれない。そして身内が軍にいて、もしかしたらその弟はこれから出世をしていく。——さて、たまきは彼をどう見る？」

問われ、たまきは考え込む。

いまここで、たまきが山崎をどう〝見る〟かを語らせようとして、彼の人となりを解説してくれていることは伝わった。

言葉を濁すことを、馨はきっと許さない。

たまきは山崎をじっと見つめる。

最初に会ったときから、彼の印象はよい。慇懃すぎずに丁寧で、相手に合わせて会話を進め、終始、感じのいい笑顔で――。

――他人の感情を逆撫ですることのない人よ。人当たりがよい方。さっきからのだんな様との会話もそうだわ。無理に自分の話をしようとか、会話を中断してだんな様に予知を頼むとかはしなかった。

「わたしは山崎様はとてもお優しくて、人を見た目で判断しない善人でいらっしゃると感じました。だんな様は、山崎様は気持ちが顔に出るとおっしゃいますが、見せてはならない感情はきちんと自分の胸のなかに押し止めてくださる方です」

たまきが粗末な着物姿であっても、侮るような態度は見せなかった。

客人のなかには、たまきを見くびる態度をとる者もいるというのに。

「山崎くんの青島までの船旅は無事だと思うかい?」

さらりとつけ足された言葉に、山崎の喉がごくりと鳴ったのが聞こえた。

たまきは山崎を凝視する。

「そう……ですね」

――彼には、陰りが、ない。

たまきは眉を寄せ、すーっと目を細めて――山崎の身のまわりを取り囲む縁取りに似た色を探る。

山崎のまわりにあるのは、春の日差しみたいな柔らかな光だった。

彼を縁取っているあたたかい黄色味のある線を確認し、たまきはゆっくりと言葉を紡ぐ。

「無事に辿りつきます。向こうでも無事にやっていけると、わたしはそう思います。ええ、山崎様は何事もなく青島に辿りつき、青島でつつがなく過ごし、仕事を済ませ、お元気に帰國されることでしょう」

人の姿を縁取る光。

目を細めて誰かを凝視すると、それが見える。

たぶんたまきが見ているのは、命の輝きのようなものなのだ。

「そうか。俺の見立てたものと同じだね」

馨がささやく。

「――きみの未来を俺は〝継〟ごう。さて、どうやって俺の知る、きみのこの先を、告げようか」

継ごうか、それとも告げようか。

馨がその言葉を発した途端、部屋の空気の手触りが、違うものへと変じた気がした。

「山崎くんの青島での日々は〝無事中の無事〟ってくらい無事だ。妻のたまきも太鼓判を押したよ」

馨が、ふふっと小さく笑った。

山崎の口元もつられたように綻んだ。

安堵の表情で、

「……ありがとうございます」

と山崎が感謝を述べる。

「俺も商社を営んでいるから世界情勢は見えている。青島の情勢は、巷で聞くほどよくもなく──かといってそこまで悪くない。というより、問題は、帝都がこれからどうするかなんだろうなあ。きな臭いのは青島だけの話じゃないさ。世界各地がいま、きな臭い。だったら、山崎くんが出向いたあたりで状況が変わるなにかの決め手が起きる可能性もある。青島で、運を試してみるという考え方もあるんじゃないのかな」

「可能性とは？」

山崎が身を乗り出した。

「このあたりは、個人の問題ではないからね。誰かひとりだけに向けて言える言葉ではないが大陸には惹かれるものがある。帝都で上品な暮らしをするより、心躍る出来事が多そうだ」

機嫌よさげに馨が言う。広がる未来の冒険にわくわくしている少年のように、目を輝かせている。

「はい。そうですよね。可能性……可能性ですね」

山崎がうなずいた。

「それに話題を戻すがね、弟ぎみの海軍は、実にいい選択だと思うよ。陸軍よりは海軍。特に最近海軍で設けた航空技術研究委員会だ」

山崎がはっと息を呑んだ。

「ついでに言えば、陸海空軍の三つのうちなら、このあと、飛び抜けて重要になるのは空軍さ。飛行機っていうのが、この世界を変えていく。そうだろう、たまき?」

「そう……なのでしょうか」

正直、たまきには、わからない。遠い異國で戦争がはじまったと聞いても、自分のいまの暮らしとの結びつきは薄弱だ。

馨の語る言葉のほとんどはたまきにとっては難しく、それでもひとつとして聞き逃してはならじと必死に耳を傾ける。今日のこれはたまきにとっては妻のつとめのひとつなのだ。馨に恥をかかせてはならない。

「いずれ空軍が主力になる時代が来るのかもしれないよ。いまの飛行機では心許(こころもと)ないが、機械というのは進化する。人が、新しい技術で、進化させていく。まったく人っていうのは怖ろしい……」

たしかに、さまざまな発明のおかげで昔よりいまのほうが暮らしやすくなっている。

技術の発展が、人の手によるものなのは納得だから、たまきも黙ってうなずいた。

そうやって物事を進めていく人というものが、怖ろしいかどうかというと、首を傾げてしまうのだけれど。

山崎もまた真剣な顔で馨の話を聞いている。

――これもまただんな様の未来予知の力なのかしら。

「造船業だからって、空を敵対視してはならないよ。だから海軍のなかでも空軍に近い位置にいようとするといいかもしれない。あるいは、できるものならいまから空軍に入隊だ。そこで出世して、飛行技術に長けたものにつなぎを作って――有能な人間をいずれ民間の企業に移籍っていう手は、悪くないように思える。どちらにしろ造船業は、しばらく空母に力を入れたほうがいい」

馨はそこまで言ってからブランデーに口をつける。酒を飲む馨の喉仏が、くるんと動く。舌を湿らせ、また語りだす。

「しかし、そんなに真顔で身を乗り出して聞かれても困るな」

ふいに馨がそう言った。

「山崎くんも聞いたことがあるだろう。〝桐小路の人間はみんな嘘つき〟なんだ」

そのあとに続く言葉を、たまきも知っている。

何度も何度も、桐小路侯爵家で、さまざまな人たちに言われたからだ。

「……はい。しかし〝家督を継いだ者だけは嘘をついてはならない〟と。それが桐小路侯

爵家の家督を継ぐということだと聞いております。ですから真剣になってしまいますよ。仕方ないです」

山崎が生真面目に応じた。

――桐小路の人間はみんな嘘つきだが、家督を継いだ者だけは嘘をついてはならない。

「ああ。嘘の未来を吐き出す異能は、國を傾ける。だから俺だけは、約束は違えない」

馨がたまきへと笑顔を向けた。

「さて、たまき、きみは疲れた顔をしているよ。ここは俺にまかせて下がるといい。もうしばらく俺は山崎くんと男同士で語り合うことにする」

「はい、だんな様。わたしはここで失礼させていただきます。楽しい時間を持つことができました。山崎様も、どうぞごゆっくりなさっていってくださいね」

ふたりに微笑みかけ、立ち上がる。

山崎が「私も奥様とお話ができてよかったです」と笑い返してくれた。

◇◇◇

たまきが去ったあとの応接室である。

山崎を〝見て〟告げてしまえば、残るのは雑談だけだ。

それでも酒が互いの口を軽くして、馨と山崎はしばらくのあいだ、伊豆の話や、政治の話、昨今の流行の小説や舞台の話など、多岐にわたって語り合った。

山崎が腰を上げたのは、深夜を過ぎてからである。

「寝る前に水を飲みたい。もしたまきがまだ起きているようだったら、寝室に水を運んでくれるように言ってくれ。休んでいるなら起こす必要はない。そのときは溝口が持ってくるように」

と、馨は家令の溝口に伝えた。

たまきが起きているなら山崎との対面を無事にこなしてくれたと、すぐにねぎらおうと思ったのだ。

たまきは自分が我慢すればそれでいいと決めているようなところがある。まだ若いのに、文句ひとつ言わず、虐げられても困った顔の笑顔で受け流す。

それがずっと馨のなかでひっかかっている。

年の割には落ち着いていると最初は思っていたが——落ち着きすぎなのだ。

不穏なものを感じさせるほどに。

階段を上った二階の洋室が馨の寝室だ。ドアを開けてベッドへと進む。ベッドの上に、たまきが用意したのだろう夜着の浴衣が置いてある。

馨は着替えを手にしてベッドに腰かけた。

それにしても今夜は興に乗って、ブランデーをがぶがぶと飲みすぎた。酒には強いほうではあるが、さすがにかなり酔っている
そして——そこで馨の意識は途切れ、いつのまにかぐっすりと眠り込んでしまった。

どれだけ時間が経ったのか——。

夢の内側から引きずり出されたのは、他人の気配がしたからだ。

ベッドが、たわんで沈み、自分以外の負荷がかかったことを身体で悟る。

——くそっ。酔いすぎた。

ドアを開ける音や足音にも気づけないほど熟睡するなど、不覚。

「誰だ⁉」

叫んで飛び起きた馨は、近づいてきた相手の腕を摑んでねじり引き寄せる。腕を摑んだまま、相手の身体と上下を入れ替え、逆に相手をベッドへと押し倒す。

無意識に枕の下に置いてある守り刀を取り出し、鞘から抜いて相手の喉元に刃を押しつけた。

酔っぱらっていようが、前後不覚であろうが、なにも考えずとも身体が勝手にこう動く。

桐小路の跡取りは、家の内にも外にも敵が多い。幼い頃から、自分に害をなす侵入者には慣れていた。

が——。

刃を喉につきつけられて目を丸くしている相手の顔を確認し、馨は自身の間違いを悟る。

「たまき……？　すまない」

そうだった。

たまきに、水を持ってきてくれと頼んだのは、自分だ。

「たまきがまだ起きていたら水を運んで欲しいと、溝口に言ったのは俺だったな」

「あの……お風邪をひかれては大変かと、せめてお布団をおかけしようとしただけで……。お水は枕元のナイトテーブルにご用意いたしました。わたしがすぐに運ばなかったから、だんな様が眠ってしまわれたのですね。お疲れですよね。起こしてしまって、ごめんなさい。できるだけそっと水を置いて、戻ろうとしたのですが」

「きみは——殺気がないから」

「はい」

「悪意がないので側に来るまで気づけなかった」

それでも、こんなに近づかれても目覚めなかった自分に歯噛みする。どうやら自覚しているより疲労が溜まっている。

「殺気……が必要……でしたか？」

「いや、いらない」

小刀をたまきから遠ざけ、彼女を見下ろした。

平気な顔をしていたが、それでも緊張しているのだろう。たまきの唇から、ふうっと小さな吐息が零れる。胸元が大きく、柔らかく、動く。

たまきの見開かれた目はやけに澄んでいる。

その一方、そこに映る自分の姿がとても薄汚れて見える気がした。

引き抜いて放った鞘が見つからない。刃を剝き出しでそのまま傍らに置くのはいかにも危ない。仕方なく手にしたまま、ばつが悪い気持ちでたまきの上から身体をずらす。

「水を運ぶのが遅くなったのは……ごめんなさい。着替えてから来たので時間がかかりました」

「着替えて？」

「溝口さんに呼ばれたときは、わたしはもう寝ようとして寝間着姿になっていましたので。みっともない姿でだんな様のお部屋に入ってはならないと思って」

「みっともなくはないが……まあ、そうか。そうだな」

十八歳の娘が自ら男の寝室に入るのに、寝間着姿で来るのを躊躇したのは、わかる。夫婦として過ごしているが、いまだ寝所は共にしていないし、接吻すらしていないのだから。

たまきの出で立ちは、なんの色気もないものだった。

いつもと同じ粗末な着物で、しかも襟元も帯もきっちりと着つけている。

人によっては時間の経過と共にぐずぐずに着崩れることも多いものだが、こまごまと動きまわる割には、着衣が乱れない。他者の視線から肌をしっかりと覆い隠した着物姿の、ただ、抜きすぎない襟足から覗くうなじだけが、若々しく華やいでいた。

思えば、立ち居ふるまいの綺麗な下働きの女がいると思ったのがきっかけで、馨はたまきの存在を気にかけるようになったのだ。

そして彼女のひととなりを調べ——調査の結果に納得し、彼女を娶ることにしたのだ。

「驚かせてすまなかった」

いま一度謝罪し、馨はベッドの端に腰をかけて座る。

たまきはというと、身動きせずにベッドに横たわったままだ。もしかしたら小刀をつきつけられたときに驚いて、動けなくなっているのだろうか。

「怖がらせてしまったね。起き上がれるかい？　桐小路の家はきみが思っているよりずっと修羅の家なんだ」

「……はい」

思わず、ベッドに横たわったままのたまきの丸い頬にそっと手を触れる。優しくしたいと感じたから。

が、撫でようとしたらたまきが身体を強ばらせた。

怖がらせてしまったと、馨はたまきから少し距離をとって座り直す。

――まだ、早いようだ。

条件つきでの契約結婚ではあったが、馨は、たまき自身の気持ちを尊重したかった。だからずっと彼女が自分に心を開いてくれるのを待っているのだが。

「山崎くんをきちんと〝見〟てくれた手際がとてもよかった。ありがとう。また、頼むよ」

「あの……はい。とんでもないです」

「……俺は、水を一杯いただこう」

枕元のテーブルに水差しが置いてある。

たまきは途端に「はい」と応じて起き上がり、グラスに水を注ぎ、馨へと差し出した。命じたつもりもないのに、すぐに身体を動かす。

さっきまでは獲物に狙われた小動物さながらに、目を開けたまま気絶しているような様子だったくせに。

グラスに入った水を飲み干し、どうしたものかと、たまきを見返す。

たまきは馨を信じている。

面はゆいくらいに絶大の信頼をもって自分を凝視する無垢(むく)な目にさらされて、馨は困惑を覚えている。

――たまきは俺が嘘をつくとは、思ってもいないのだ。

桐小路家の決め事を絶対なものだと信じたまま、馨の分厚い分厚い面の皮の奥底までを覗こうとしない。大胆なことをしでかすし、ときどき鋭い勘を閃(ひらめ)かせ、なかなか聡(さと)いことを言うくせに。

愚かなのか。賢いのか。

善良なだけか。

——俺だって、嘘は、つく。

むしろ馨は、息をするように嘘をついている。

「明かりを」

「はい」

灯した白熱灯の明かりが、闇に慣れた目にひどくまぶしい。乳白色の光を浴びて、たまきが、しおらしげにして立っている。水差しで水を注いでからずっと座りもせずにそこにいる。

丸く結い上げた髪がほつれて乱れ、額や頬に落ちて、普通だったら憐(あわ)れを誘う様子のはずだ。

けれど、たまきの黒々と冴(さ)えた目があまりにもまっすぐで、半端な同情は無粋に思えてくる。彼女は、か弱そうに見えて芯が強い。弟のためになら、なににも負けず、折れない。ただひとりの身内のために我が身を差し出すような心根は、実のところ、馨にはとんとわ

からない。

――誰かのために、なんて。

馨は思わない。願わない。いざというときには自分自身しか助けない。

誰もに優しい人だと言われながらも、実際の自分は骨の髄まで冷たい男だ。

あたりを見渡す。抜き捨てた鞘がベッドの端に転がっていた。拾い上げて小刀を収めてテーブルに置いた。

あらためてベッドに腰を下ろす。

座った場所から、白い羽根が舞い散った。

どうやら刃が枕の布をわずかに切り裂いていたらしかった。

淡い白い光と、白い羽根。

たまきもまた、馨の視線を辿って、ふわふわと漂う羽根を視線で追いかけて首を巡らせる。子猫が動くものを追いかけるように、くるりと目と身体が動く。あまりにも、あどけない。

少しの間、たまきはずいぶんと難しい顔をしていた。

怪我をしたらどうなるのかという己の未来について考えているのか。

が――思いつめていた様子のたまきが口を開いて告げたのは「だんな様、新しい枕を持ってまいります。掃除もしたほうがいいかと思うのですが、どうしましょうか」というこ

とだった。

彼女は、生真面目で、働き者なのだ。いつだって仕事優先のようである。

「羽根が散った敷布も布団もすべてお取り替えいたしましょうか？」

「頼む」

「いや。それは、いい。俺が起きたあとに片づけてくれ」

「はい。夜着にお着替えもされたほうがよろしいかと。新しいものをお持ちしましょう」

「いらない。ここにあるものを着る」

「はい」

そう答え、破れた枕の、破れ目を片手で押さえながら部屋を出ていった。羽ばたく鳥さながらに、白い羽根が、たまきの歩くあとに散っていく。

「鳥というより――西洋の天使の羽根か」

天使は善で、美しく、たしか性別がなかったはずだ。無垢であり、善ではあるが、たまきはは若い女だから、天使にたとえるのはおかしいだろうか。

饕はベッドを降りて床に立ち、丸めて放置していた夜着に着替える。帯を解くと、飾りの金の鎖がしゃらしゃらとかすかな音を立てた。

床に落ちた羽根をひとつ拾い上げ、なんとなく、ふぅと息を吹きかける。ついでのように、小さな独白を漏らす。

「俺が嘘をつくときは全身全霊で嘘をつく。そして——桐小路の血を持つ俺の嘘で國が傾くというのなら、俺の血と命であがなってその嘘を真実に取り替えてみせるさ」

馨の低いその声を、聞く者はどこにもいなかった。

三

「この家は修羅の家だ」

生まれたときから呪いのように言われてきた言葉だ。

子ども心に骨身に沁みてわかっていたはずだが、あのときまではやはり本当の意味ではわかっていなかったのだと思う。

その日は突き刺すような寒さの雪がちらほらと見える日だった。

油断をしたのだと思う。

池で突然に突き飛ばされた。

水に沈む身体、もがいてももがいてもなにも摑めなかったあのとき。

うっすらと死を覚悟したそのときに。

呪われたこの身はすべてを受け取り、すべてを失った。

嘘――。

それからずっと息を吸って吐くごとく嘘をついている。

◇　◇　◇

朝は、庭に白い雪が積もっていた。

冬の日の出は遅く、やっと東の空が白みはじめた。

ぽとりと落ちた寒椿の赤が血の染みのように思えたのは、昨夜、馨の寝室での出来事の記憶が強いせいだろう。

たまきは無言で椿の花を拾い上げる。落ちた花をそのままにすると、萎れた花は腐乱する。箒で花と雪を掃き清めるたまきのうつむいた視界に、長身の影が、落ちた。

「おはようございます。奥様」

家令の溝口の声である。

「おはようございます」

「奥様が、昨日の深夜に新しい枕をひとつ備品室からお持ち出しになられたという報告を

受けています」

「はい。だんな様の枕をひとつ駄目にしてしまいましたので、代わりに」

もちろんすでに溝口はそんなことは承知しているのだ。切り裂かれた枕をごみとして捨てたのが、たまきだということも知っているはずだ。

溝口の感情の読み取れない細い目と、眉間に刻まれた深いしわを、たまきはじっと凝視する。

どうして枕がひとつ駄目になったかを家令は聞かない。

「わたしからも、質問をしてよろしいでしょうか？」

無言で見返され、断られないから、質問をしてもいいのだと決めて、続けた。

「わたしがこちらのおうちに入る前、だんな様のお食事の見守りや、身のまわりのお世話はどなたがされていたのでしょう？」

「決まってはおりませんでした」

「決まって……いない？」

「毎日、朝に、だんな様がご自身で誰に整えてもらうのかを、私に指示を出し、私からその者に伝えていました。だんな様のご気分でその日の当番を替えておりました。どちらにしろ、どの方がおつとめをされるのでも私が点検をしております」

たまきが嫁ぐ前は、馨の身のまわりのことを行う人間を固定していなかったのだ。

「先代も……そうされていたんですか？」

「先代の最初の奥方様は、たまき様と同じようになにもかもをされていらっしゃいました。お亡くなりになってからは私が」

それがどうしたのでしょうというような、涼しい顔で溝口が応じる。

「そうなのですね。ところで、だんな様はいつも枕の下に守り刀を忍ばせていらっしゃるのですか？」

溝口の目がきらりと光った――気がした。

「そうですね。桐小路の家督を継ぐと、いろいろな心配があるのです。馨様のお父上である先代は、馨様が池で溺れかけるのを助けようとして身罷られた。馨様も、そして先代も〝家督を継ぐと決まったときから〟ご病弱になり、引きこもりがちでございました。守り刀は、その名の通りに、だんな様たちにとっては〝お守り〟なのです」

「だんな様を助けようとしてお父様が？」

溝口が口元だけで微笑んで「はい。奥様」と返した。

「だんな様は、ありとあらゆるものから桐小路の家を守らなければなりません」

ありとあらゆるものから……。

「誰が狙っているのでしょう？」

溝口は今度は静かに目を伏せ、たまきの問いには答えず、こう続けた。

「異能者同士は相手の死期や魂の輝きを〝見〟ることができないのです。自分より強い力を持つ者の輝きは〝見〟ることがかなわない。そういうことです、奥様」

話が嚙み合わない。

謎かけのような会話である。

しばらく黙っていたが、溝口はもうなにも言わなかった。

——自分の頭で考えて答えを導き出せ、ということかしら。

これ以上続けても答えてもらえることはなさそうだと見切りをつけ、たまきは話題を変える。

「朝食は、ご飯に卵焼きとお味噌汁（みそしる）にしようと思います。だんな様は、昨日の朝のトーストにはお手をおつけにならなかったので、洋食にはお飽きになったのかと。果物はお食べになったので、食後の果物は出そうと思ってます」

「だんな様は、奥様の味つけの和食がお好きでいらっしゃる。奥様は何度かの食事で、だんな様の好みをすぐに把握してくださいましたから」

出汁（だし）を丁寧にとった薄味のものを馨が好むのは、数回の食事で気づいた。

でも——。

たまきは、目を瞬かせ少しだけ固まってしまう。たまきが馨の箸の進みに気を配り、毎回、少しずつ味つけや出汁を変えていることを、溝口は気づいてくれていたのか、と。

「奥様はだんな様の好みだけではなく、日によっての体調の違いも配慮してくださる。お酒をお召しになった翌朝のお味噌汁の味つけは少しだけ濃いめにされていますよね。そういう配慮をだんな様はことのほか喜んでおられますよ」

「そ……うですか？」

「お顔を見ればわかります」

たまきはまだ馨の表情から感情を読み取れる域には達していないが、溝口が断言してくれるのなら、そうなのかもしれない。だったら——たまきも、嬉しい。

「あ……あの、そうします。少し濃いめに」

「はい。前回のお酒のあとの朝と同じくらいの加減で」

目礼し、溝口が去っていった。

残ったたまきは思わず独白を漏らす。

馨だけではない。溝口も、たまきの努力に気づいてくれている。

「……それに……だんな様はわたしの作る和食の味、好きなんだ。そうなんだ」

胸の奥で、ことことと、気持ちが小さく羽ばたいた。

「……嬉しい」

そっと胸を押さえてしまう。我ながら、たやすい人間だ。

再び、箒を使うたまきの口から鼻歌が零れる。みんなが歩く道の敷石のあたりは、滑る

のが危ないから雪を掃いてしまおう。でも、庭の奥の雪は風情があるから、そのままにしておこう。

次は、洗濯物に取りかかるべく水場へと向かう。

馨の汚れものを手早くまとめ、盥に入れ、洗濯板でごしごしと洗う。二日分溜めてしまった洗濯物はいつもより量が多い。

洗い終えたものを盥にまとめて運び、洗濯物を広げ、ぱんぱんと軽く叩いてから、物干し竿に干していく。

「今日は、晴れるようね」

見上げる空はやっと日がのぼり、薄く、青い。日差しが積雪を銀色に磨く。おそらく昼にはこの雪は溶けて消えてしまうだろう。

「桐小路は修羅の家……」

ぼそりと、言われたことを思い出し、つぶやく。

枕の下に守り刀を置いて眠る生活がなにを意味するのかを昨夜から考え続けている。

と――。

盥を抱えて嘆息するたまきの背後から、声がした。

「――お姉様」

たまきはくるりと後ろを振り向いた。

「信夫。ずいぶんと早いのね。おはようございます」

「おはようございます。だって、この時間に起きないと、お姉様とはお話ができないでしょう？　朝ご飯の時間も、お姉様は馨様に合わせていらっしゃるから僕とは一緒じゃないし」

その声はかすれて、いつもより低い。もしかしたらあまり体調がよくないのかもしれない。

「あ……！　馨様の悪口じゃないからね、これ。馨様がお忙しいのも知ってるし、お姉様をひとりじめしていても……馨様が相手だったら別に……ずるいなんて思ったりしないんだ」

信夫が、早口でそうつけ足した。馨を批判していると、たまきが受け取るのではと慌てている。

「そんなふうに思ったりしないわよ。それより、信夫……あなた熱があるんじゃない？」

よく見ると頬が赤い。目も少し潤んでいる。

腰を屈め、信夫の身体を引き寄せる。額に手を置くと、ずいぶんと熱い。

「ああ、姉ちゃんの手……ひやっとして気持ちいい……」

目を閉じて、ぼんやりと信夫がつぶやいた。

「このあいだ夜更かしをさせてしまったせいかも。ちょっと前も体調を崩していたし、こ

の季節は体調を崩しやすいのにうっかりしてしまっていたわ。喉、痛い？」

「うん。ちょっと……だけ痛いかも」

「お部屋に戻って寝直して、暖かくして。お医者さんに来ていただいて診てもらいましょう。今日学校はお休みね。あとであなたの部屋に食べられるものを持っていくわ」

「うん」

信夫がたまきに体重を預けて寄り添った。ぐにゃりとした身体は、病人のそれだ。抱えて部屋に連れていこうとしたが、もう彼は、たまきが抱き上げられる大きさでも、重さでもない。いつのまにこんなに育ったのだろう。来年で十二歳。人よりは小さいと思って悩み続けてきたけれど、ここに来て、信夫は本当に大きくなった。

「歩ける？」

「大丈夫だよ。歩いてここまで来たんだもの。でも……熱があるって言われたら、いきなり、具合悪くなってきちゃった。さっきまで平気だったのになあ」

不思議そうに言う信夫の腕を取って、たまきは、信夫の部屋まで信夫についていきベッドに寝かしつける。

素直に横になった信夫の肩まで布団をかぶせ、たまきはふとつぶやいた。

「信夫は、だんな様には優しいのね」

信夫は馨のことを絶対に悪く言わないのだ。

「だって馨様、いい人だと思うから。僕、あの人にだけは嫌なことされたこと一度もない」

賢いけれど、素直な信夫は、まだ言葉のはしばしまでを取り繕えない。だからときどき、うっかり真実を零してしまう。「あの人にだけは」と言うのなら、他の人には嫌なことをされたことがあるのだろう。

「それに、あんなに綺麗なお顔の人他にいないから」

おどけた声で、信夫が続けた。

「あら……わたしの弟は面食いなのね？」

笑ったら、信夫が照れた顔をした。

「けど、お姉様も負けてないと思うよ、僕は！」

続いて、身びいきがすぎることを胸を張って訴える。

「わたしの容姿については、慰めてくれなくていいわよ。自分でわかってるってば」

「わかってないよ。お姉様は綺麗だよ？　馨様も言っていたよ。お姉様は、この屋敷にいる女の人のなかでは誰よりも深呼吸の仕方が綺麗だって。僕、人が本気で誉めているのか、そうじゃないのかわかるからね。馨様は本気でお姉様のことを誉めてくださった。嬉しかったな」

「深呼吸……？」

「お姉様のは、いい深呼吸だって」

——嫌なことがあったり、動揺したりすると深呼吸して気を取り直してはいるけれど。それを見ていたということ？

誉めてくれたのはありがたいが、どうして。

見た目で誉めるところが見当たらないから、どうしようもなくてそこを誉めてくれたのか。

それでも、たまきの悪口を信夫に吹聴するのではなく、よいところを探して伝えてくれたのは嬉しいことだった。たまきを悪し様に言えば、信夫が傷つく。

「少しここで寝ていてね。わたしは朝ご飯の支度をしてくるわ」

そう告げて、たまきは信夫の部屋をあとにした。

そして、溝口に信夫の体調不良を伝え、医者の手配をお願いする。

その後、たまきが中断していた朝の家事の続きをしていると、馨がのんびりと起きてきた。

アイロンをかけた新聞の束を馨のもとに運ぶ。

「おはようございます。だんな様。あの……本日は日本ではじめての警察犬が誕生したという記事がございました」

警視庁が英国から警察犬を二頭購入したのだそうだ。賢い犬なのだろうなと記事を読ん

だ。それ以外の経済や政治のことはたまきには、うまく呑み込めないから、かいつまんで説明もできない。

「うん」

馨はたまきのつたない説明に文句を言うこともなく、うなずいた。

「いま朝食の支度を調えてまいります。今日はお味噌汁とご飯のご用意を……」

馨がまだ眠そうな目でたまきを見返し、言う。

「そうだ。来週、来客がある。〝継ぎもの〟の仕事だから、たまきも同席するように」

「わたしが？」

「山崎くんのことも、よく〝見〟てくれた。心配ない。俺が側にいる。相手は筑豊の炭鉱主でね、桐小路を、神様みたいに崇拝し、桐小路の言葉だけを信じて山を掘っている。詳しいことは溝口に聞きなさい」

「はい……」

「そうだ。それで……たまき、髪型を変えておいで」

「髪を……？」

「気に入っているのなら、すまないけれど……そういう髪型はもっと年配の女性のほうが似合うよ。きみは小柄で身体も細いし、もっと年相応に愛らしい髪のほうが……なんというか……俺は好きだな」

好きだなという言葉だけが、ぽつんとあとからつけ足した言い方だった。そのせいで、そこだけが独自の色を持って響いて聞こえ、たまきの頰がぱっと朱に染まる。

じっと見つめたら、たまきの恥じらいが伝わったのか、馨が柔らかく微笑んだ。愛おしいものを愛でるような笑い方をされ、息が詰まりそうになる。

「俺の好みに合わせる必要もないが、少なくともきみが好きな髪型にするといい」

「わたしの好きな髪型……ですか？」

「たまきは、自分が好きになれるものをたくさん集めるといい」

「好きなものを集めるのですか？」

「ああ。好きなものを増やして、嫌いなものに嫌いと言えるようになりなさい。これは命令だ。あと、美容室の費用は俺が払うから気にしなくていい。わかったね？」

「は……い」

――滋子様に言われてこの髪型にしたこともご存じでいらっしゃるのかもしれないわ。

そのうえで馨を盾にして、たまきの好きな髪型にしなさいと〝命じて〟くれたのだ。

じわりと胸の奥にあたたかいものが広がっていく。

馨は、何事もなかったかのように広げた新聞に視線を落とし、

「支度をしてくれたのに悪いが今朝は味噌汁だけでいい。味噌汁が飲みたい」

と告げ、新聞に没頭しはじめた。

「はい。お味噌汁をいまお持ちいたします」
たまきは口を引き結び厨房へと下がったのであった。

実際のところ、筑豊からの客の最大の目的は験担ぎなのだから適当に言って帰したっていいんですよ、と、溝口が言ったのは――馨が味噌汁を飲み終えて自室に戻ったあとのことである。

昔は漁師の網元で、それが桐小路に言われて山を掘り、炭鉱で当てた。海から山への大転換だ。漁師のときから、海に出るときは桐小路に先を読んでもらっていたが――炭鉱で当ててからは、桐小路を神様みたいに崇めているのだそうだ。

一年間、真剣に働き続けた優良な従業員を福利厚生として帝都に連れてきて、遊ばせて、ねぎらう。炭鉱は大変な仕事で、命がけだ。おそらくはじめのうちは祭事に近い感覚で、祈禱のようにして桐小路家を頼ってきていたのだろう、と。

「それが、先代のときに、一度、不運を読まれた従業員を解雇したことがございまして――子どものときにその話を、だんな様は、先代から聞いたのでしょうね。ご自身が、年末の筑豊からのお客様たちを〝見〟るときは、ことこまかく、丁寧に、先の先まで眺めて真摯にお伝えしていらっしゃいました。今回、奥様におまかせしたいとおっしゃっていま

すが、実際にその場になれば、重要なことに関してはご自身がおつとめを果たされることと存じます」

「はい」

たまきがうなずくと、溝口がかすかに微笑んでうなずき返し、去っていった。

その後ろ姿を見送り、たまきは再び厨房に戻った。自分の朝食を食べるためだ。ご飯はいらないと言われたから、手つかずの炊いたご飯が残っている。自分ひとりだけだと思うと、新たになにかを作るのもためらわれ冷えた味噌汁と炊いたご飯を、いそいでかき込む。

つやつやとした赤い林檎(りんご)が調理台の上に転がっている。馨が、味噌汁だけを飲み、食後の林檎もいらないと言ったから、残っているのだ。

林檎をすり下ろしたものは、かつて、風邪のときの信夫のとっておきのご馳走だった。熱があるときでも、それだけは美味しいと言って食べてくれる。

──食材は使っていいって言われているわ。

「使わせていただこう……」

たまきは、転がる林檎を手に取ってそうつぶやいた。

◇　◇　◇

馨は朝食を終え、自室へと戻った。

二日酔いの馨の身体に、豆腐の味噌汁はやけに美味しく、沁み込むようだった。

本当ならばもうひと眠りしたいところだが、昼過ぎに予定している取引先との商談がどうにも気になっている。

世のなかが変わりつつある気配に、馨は敏感だ。

最近、〝継ぎもの〟の依頼が多いのは、揺れ動いていく社会の有り様に、どうやってついていけばいいのかを皆が戸惑っているからだと、馨は思っている。

國民のための政治をとの声が高まり、政治集会が開かれている。國の行き先が、いままでとは違うのではないかとみんなが不安なのだ。

――こんな時代だからこそ、桐小路の人間は、未来をなにひとつ読み間違えてはならない。

絶対に。

馨は、この思いを重責だとは感じていなかった。代々続く家名と責任は、自分にとっては果たさなければならないつとめであり義務である。そういうふうに教育されてきた。

なのに――いつからだろう。

気づいたときから背負わされ、自分の肩に乗っていて当然のものだから感覚が鈍麻しているのかもしれないと感じることが、たまにある。

――俺は、疲れている。

だが、馨は、自身が疲弊することを許容できない。

――疲れることを許し、思考を止めるのは愚かだ。考えをまとめろ。理性的であれ。頭を動かし続けろ。止めるな。

桐小路馨なら――自分なら――それができる。

しなくては、ならない。

「……移動の車のなかで少し眠れば、頭が晴れる」

独白が自然とこぼれる。

早めに会社に出かけよう。しかし、着替えようとした馨は動きを止める。そこにあるはずの、着替えが用意されていない。たまきは、まだ出勤に時間があると思い、先に別なことを済ましているのだろう。

出社予定の時間を早くしたのは、こちらだ。仕方がない。

部屋を出ると、たまきが廊下を歩いてくるのが見えた。

「たまき――着替えの用意を」

が——。

彼女は馨の姿に気づかずに、早足に、馨の部屋の廊下を挟んで向かい側手前の部屋へと入ってしまう。

行き先は信夫の部屋だった。

馨が無言であとをついていったのに他意はない。二度、声をかけるのはためらわれたというそれだけだった。

信夫の部屋のドアは、薄く開いていた。

覗くつもりはなかったが、隙間から部屋の様子がよく見えた。

「信夫、具合はどう？　食欲はある？　林檎をすり下ろしたものを持ってきたの。もし食べられそうだったら、お粥も炊いているのだけれど」

優しく、甘い声だ。

息を潜めて、次の言葉を待ってしまうような蕩けるような声。

おそらくこれは母性というものなのだろう。馨は母にこんな声をかけてもらった記憶はないが、知識としては知っている。たとえばこれが猫の親子だとしたら、踏み込んでいった人間は母猫に唸られ、爪でひっ掻かれる。

だから馨は、本能的に、ドアの前で足を止めた。

信夫がベッドの上で身体を起こす。たまきはその側に寄り添っている。

窓から零れ落ちる朝の光がふたりを祝福するかのように柔らかく差し込んで、美しい絵画のようだった。

「僕、熱を出すのは嫌だけど……お姉様のこの、林檎をすり下ろしたやつを食べるのは好きなんだ。元気なときは、すり下ろしたのが美味しいなんて思わないのに、具合が悪いときは絶対にこっちのほうが美味しいのは、不思議だね」

「そうね」

たまきは、手にした器から、匙を、信夫の口元に運ぶ。

雛鳥に餌を与える親鳥のように、かいがいしい。

「いいよ。僕、自分で食べられるよ」

「そう？　お粥は？」

「いらない。林檎が美味しいから、これだけ食べたい。贅沢かな？」

「贅沢ね」

ひそひそとささやかれる会話は、小鳥たちの囀りに似ていた。

たまきは信夫のことを心配し、顔を覗き込んでいる。信夫は渡された器を手にして、匙を使う。合間に、ふたりは、なにもない空間を指先で摘まみ、口元に持っていって食べる真似をする。くすくすと笑う。なにを食べているのか、なにが楽しいのか、馨にはまったくわからない。

――林檎のすり下ろしたものだって？

美味しそうには思えない。瑞々しい林檎の果実は、そのまま囓るのが一番だ。あんなどろどろとした、説明されないと中身がなんなのかわからないような食べ物が、美味しいはずなんてない。

でも――信夫が食べているそれが、馨には、甘露の滴のように見えた。

馨は、いまのいままで――この姉弟を心のどこかで、不憫でかわいそうなふたりだと思っていた。

たまきは、頼るものもなく、貧しく、学のない若い女である。

馨の差しのばした手に必死でしがみつき、這い上がるしかない少女と、その姉にぶら下がって生きるしか術のない弟。桐小路の屋敷で誰になにを言われても、堪え忍ぶしかない弱い者たち。

馨が保護しなければ社会の底辺から滑り落ちていきそうな、力のない、儚いふたりだ。

なのに――いま、目の前にいるふたりは、すべてに満たされていて、幸福そうだった。

「そんな顔しないで。大丈夫だよ。すぐに元気になるから」

信夫が言う。

「やだ。なんで病気の信夫が、元気なわたしを、励ましているの？　逆でしょう。看病するのはわたしなのに」

だって、と、信夫が首を傾げている。視線をさまよわせ、ふとこちらを見た。ドアの隙間越しに馨の姿を認め、

「……あ、馨様」

と声をあげる。

「え？　だんな様？」

たまきも、馨を見た。

――しまった。

どうしてか、馨はそう思った。そっと覗き見をしている自分を、羞恥したのだ。彼女たちを見ている姿を――見られたくなかった。

けれど見つかってしまったから、馨はドアを開け、部屋のなかへと足を進める。

「着替えの用意ができていなかったものだから」

戸惑った声が出た。

「あ……申し訳ございませんっ」

謝罪は簡潔だった。彼女は、もともと、言い訳をあまりしない。

「今日は洋装にする」

「はい。いまご用意いたします」

そう言うと同時に部屋を出ていく。

残されたのは、馨と、ベッドのなかの信夫のふたりだ。馨は信夫の手元を一瞥する。どろどろして変色した、それ。近くで見ても、やっぱり美味しそうなものとはとても思えない。

なのに――なぜか、とてもその味が気になった。食べてみたいと思ってしまった。

――俺はこんなふうに大事な〝誰か〟を持ったことがない。

情を傾けてくれる者がかいがいしくすってくれた林檎の実の味を想像し、喉の奥がきゅっと詰まるような変な気持ちになる。

「それは、なんだい?」

知っているのに、あえて聞いた。

「林檎をすり下ろしたものです。あの……いつも風邪で熱を出すと、これを作ってくれるんです。喉が痛いと食欲もなくなるのに、これだけはどうしてかするすると食べられるんです」

「そうか」

沈黙になった。信夫が困った顔になり、口を開く。

「ええと……馨様が、ご病気のときでも食べられるものはなんですか? 馨様のお母様やお姉様はなにを作ってくださったのですか?」

「ない」

馨は少しだけ考えてから、あらためてまた告げた。

「桐小路の家督を継ぐと決まったときから、俺のまわりには溝口しかいない。母も姉も本邸で過ごしていて、俺はこの洋館で生活をしていた。俺が病気のときに俺の側にいたのは溝口だったし、溝口は実は料理はさほど上手じゃあないんだ。だから俺は熱を出したときは、なにも食べない」

「そう……ですか」

なぜだか言い訳のようだと思ったが、誰に対するなんの言い訳かがわからない。そして、どうして二度答えてしまったのかも、さっぱりわからないことだった。

四

『早くここを出ていけ』

文に記されたその言葉は呪いのつもりらしいが。

籠の鳥。

金魚鉢の金魚。

私は幼いときからいつも、なに不自由のない暮らしのなかで自由の絞りかすを噛み締めて育ってきた。

空を眺めて風に酔い羽ばたく鳥を見上げるが、鳥の名をよく知らない。庭の池の鯉がひらりと泳ぐさまをぼんやりと見つめ、この鯉はここ以外でも生きていけるのかしらと益体もないことを思う。

ちゃんとした恋もしたこともないまま、いつだって死に場所を求めて生きていたのに、

ここまで生きのびてしまったから。

『早く出ていかないと
ここは修羅の家
たいした力のないあなたは人に喰われる』
その言葉は私に手向けられた祝福だと送り主は思わないのだろうか。

虫の息。
どぶ板の鼠。

ばらばらの活字の文を見る。送り主が誰かなんて私にはどうでもいい。
ただ、その言葉を記した相手の魂はきっと欠けのない美しいものなのだと思い描く。
ずっと生きていたい人にしかそんな言葉は書けないはずなのだから。

生きながら喰われ続ける者の気持ちを知らない誰かの言葉。

意気揚々と自由に生きている誰かを見ると妬ましさで気がおかしくなってしまいそう。

だから私はきっと。

生き甲斐を求めたまま老いて死んでいくのだわ。

◇　　◇　　◇

一週間が過ぎていった。

今朝も、たまきは、溝口に習った通りに新聞に炭火アイロンをかけていた。机の上にアイロン台を置き、そこに新聞を広げている。アイロンの上部についた小さな煙突から煙が漂う。

紙を焦がさない加減を、たまきは数日ですぐに覚えた。そこは家事の延長線上で、たまきにとってはやすいことだ。が、記事をひとつひとつ読み込んでいくのが、難しい。

そして、気になっているのは、もうひとつ——。

「あの……わたしの髪、おかしくないですか」

たまきは、無言の溝口におそるおそる尋ねる。

信夫は、かわいらしくていいと言ってくれたが、信夫はたまきがどんな髪型だろうと、誉めてくれる弟なので意見はあてにならない。

馨はたまきに違う髪型にしろと命じた。

髪結いに頼むためのお金がもったいなかった。だから悩みに悩んで、昨夜、自分で、できることをした。手入れのできる髪型で、かつ、動きやすいものにしたかった。

ひさし髪を崩し、前髪に分け目をつけた。

長い髪は編み込んで、くるりと巻き上げて櫛と簪（かんざし）で止めてみた。

髪のなかに足されていたすき毛も、ことのついでに外してしまった。たまきの髪はもとたっぷりと豊かだから、すき毛がなくても見苦しくない。

「お似合いですよ。だんな様にもお伺いしてみるといいかと思います」

「え……だんな様に……ですか？」

狼狽（うろた）えるたまきに溝口が微笑む。

「ええ。今日の記事を報告するついでに」

「今日の記事の報告のついでに……」

たまきの声が低くなった。ため息を押し殺す。

政治や経済の記事はたまきには呪文に見えた。

護憲運動だの、内閣だの、大臣だのという、いまひとつ理解できないものだらけだ。

視線を落とす。新聞を捲る。

難しい漢字が読めずにつかえつつなんとかして理解しようとしているから、長い時間がかかってしまう。

いままでこれをこなしていた溝口のようにはいかない。

己の程度の低さがなんだか嫌になってしまう。

「読めない漢字が多いのです。音読して聞いていただいてもいいですか?」

おずおずと溝口に願う。

「もちろんです」

溝口がうなずいた。

つかえながら、ときどき修正されてなんとか記事を読み切った。新聞紙が焦げてしまうから、紙が乾いたところでアイロンを傍らに置く。

「奥様、漢字だけではなく内容でもわからないことがあれば質問をしてください。そのために私がここにいますので」

わからないことだらけで、なにを聞けばいいのかもわからない。たまきは、途方に暮れて溝口を見返した。

「……新聞の記事以外のことでもいいのですよ。こちらで暮らしていて疑問を抱いたことで、私が答えられることでしたらなんでも。考えてみれば奥様にはそういう学びのお時間が必要でした。だんな様に指示されるまでそれを怠っていたのは私の落ち度です」

溝口が穏やかに続ける。

「そんな……なにもできないわたしが駄目なだけで」

「いいえ」

溝口の優しさにじわっと胸があたたかくなる。胸とか背筋にもアイロンをかけてもらったかのようにしゅっとまっすぐに綺麗になった。きちんと向き合ってくれる相手がいるのに、折り曲がって、しわくちゃになってはいられない。

よく考えたら多忙な溝口とじっくり向き合うのは珍しいことなのである。溝口はいつもたまきの仕事を点検してすぐに去っていってしまうのでまともに話すことがない。

聞きたいことは山ほどあった。どれから聞けばいいのかわからないくらい山ほどあるのだが――。

「新聞とは別なのですが……ノブレス・オブリージュってなんでしょうか」

調べようと思っていたまま、調べそびれていた言葉だ。

「高貴さは義務を要求するという意味のフランス語ですよ。高貴な者は社会の規範になるべくふるまう義務があるのです。たとえばかつてローマでは貴族たちが公共の道路などの整備費用を請け負った。戦争になれば貴族の子息は率先して國のために戦地に赴く。わかりますか？」

――高貴さは義務を要求する？

「高貴である者は人びとの模範になるふるまいをしよう……という……ことですか？」

「ええ。それが義務なのです。我が國においての宮家と華族もそうです。だんな様もです

が——奥様にとっても規範となるべき行動は義務となります」

「わたしも？」

「侯爵家の妻でいらっしゃるのですから、ふさわしくないふるまいをされれば奥様の行動の咎としてだんな様の爵位剝奪ということも起こり得ます。お気をつけください」

さらりと言われ、固まった。

自分の言動が馨の妨げになるかもしれない。胸に手を当てすうっと息をつく。

「とはいっても身構えず、普通にしていてくだされぱいいのです。奥様も信夫様も普通にしてくださる分には間違いはないかと存じます。いまはまだ不慣れなことが多いかと思いますが、おふたり共に〝人として〟まっとうに暮らしてきていらっしゃる。大丈夫ですよ。私が保証いたします」

「はい……」

そうやって新聞にアイロンをかけながら、記事を溝口に確認してもらっているところで、大きな足音と共に滋子が現れた。滋子は、馨に用事があると言い、昨晩から泊まりにきているのだった。

「ちょっとたまきさん、あなた自分がどういう立場だかわかっていらっしゃるの？」

「はい？」

朝の早い時間からなにごとかといぶかしく首を傾げると、滋子が眉間のしわを深くした。

「あなたも佐久間さんとお会いすると聞いていてよ。佐久間さんといったら、先代も、その前も、桐小路と懇意にしていた筑豊の炭鉱王よ？　あなたはそんなことは知らないのでしょうけれど」

馨に、明日の昼に共に会うことを求められた炭鉱主の話だと、たまきは耳を傾けた。佐久間のことはほとんど知らない。事前に覚えておいたほうがいいことがあるなら、知っておきたい。

「はい」

「そんなみっともない髪で、佐久間さんと会うというの？」

「……髪……ですか？」

「あなたそれじゃあ、女給だわよ。前髪を分けるのは、若い子がよくやっているみたいだけど……品がないわ。なんでわざわざ私が整えてあげた髪型を変えてしまったのかしら。そんなに自分の年齢を喧伝したいの？　恥ずかしいったら、ありゃあしない。佐久間さんと会うのは、やめたほうがいいわ」

髪型のことを言われると、困ってしまう。馨に言われたからと言ってしまっては姉弟で喧嘩になるかもしれない。曖昧に笑ってやり過ごすしかないと、うつむいた。

が、その態度がよけいに滋子を激高させてしまった。

「なんで笑っているの？　だいたい、佐久間さんとの会食にあなたが一緒っていうの、私

は納得していなかったのよ。最初に馨にそう聞いたとき、私は反対したのよ？　私たちが恥をかくだけじゃないのって。決めたわ。あなた、明日のお昼は下がっていなさいな。わかったわね？」

　ぴしゃりと言われ、たまきは困惑を深める。

　無言になったたまきを助けてくれようとしたのだろう。溝口が静かに「佐久間様との場に同行するのは、だんな様がそのようにお命じになったことです」と応じた。

「あなた……私に口答えするの」

「私は滋子様の家令ではなく桐小路の家令でございますので。だんな様のお言葉が第一です」

「私が外に嫁いだ女で力がないからと見下すわけね？　自分のほうが立場が上だと？　あなたもそうなの」

　滋子の表情が一変した。たまきを睨みつけ、滋子が言う。

「そんなことは……見下すなんて……あの、申し訳ございません。滋子様から、だんな様にお願いしていただければ、わたしが同席しなくてもよくなるかもしれません」

　溝口はなにも言えないたまきを助けてくれただけだ。叱責されるなら、溝口ではなく自分だ。

　だからたまきは、必死にそう返した。

「……っ。馨の名を出せばなんとでもなると思って」

滋子は吐き捨てるようにそう言い、ぐっと唇を噛み締めてたまきと溝口を憎々しげに見返した。

「……でしたら、たまきさん、せめて桐小路の名を汚さないように対応には気をつけてちょうだい」

「はい」

滋子が身を翻す。腹立ちのせいなのか、いつもより動きが大きく、荒かった。滋子の着物の袂が、机の上に置いてあったアイロンにひっかかる。

「あ……危ないっ」

そのままでは滋子の上に熱されたアイロンが落ちてしまう。たまきが咄嗟に出した左手はどうにか空中でアイロンの取っ手を支えることができたが——慌てて出した右手の指先が、かけ面のはしに触れる。

熱さより先に、痛みが走った。

「きゃあっ」

と、滋子が悲鳴をあげる。火傷を負ったのはたまきのほうだが、たまきは驚きのあまり息を呑み込んだまま、声が出なかった。

たまきはアイロンを再び机に戻し、立てかけた。ほうっと大きな息が零れる。

「奥様、すぐにお手当を」

溝口が言う。

「いえ、大丈夫」

咄嗟にたまきはそう返した。

「お母様、どうしたの？」

清一郎が滋子の悲鳴を聞きつけて、走ってきた。

「アイロンが、落ちたのよ。こういうものを持ったこともないから、私、重さも熱さもわからないわ。でも、あなた、たいした怪我はしてないでしょう？」

滋子が言う。

「はい」

右手のひとさし指と手のひらの一部が赤くなり、小さな水疱が浮き出てきた。それでも重度の火傷ではないし、アイロンに触れたのはほんのわずかの場所だ。早く冷やさなくては跡になるかもしれないが。

「――溝口、小さな子どもがいるのにこんな危ないものを側に置かないで。康子や清一郎になにかあったら、どうするの？」

「失礼いたしました。お嬢様。いま、片づけます」

「もう、いいわ。清一郎、康子をひとりにして置いてきたの？　あの子は誰に似たのか、

お転婆だから、目を離すと危ないわ。康子のところに行きましょう」

滋子がそそくさと部屋をあとにする。清一郎は、じろりと、たまきを睨みつけてから、滋子のあとをついて出ていった。

溝口になにか言われる前に、たまきは口を開く。

「わたしの不手際で火傷をしました。手を、冷やしてきます」

溝口の立場では滋子のことをあれこれ言えない。そして溝口の見ている前でこんな粗相をしてしまった自分が情けない。

「お手当を……」

「自分でできるわ。溝口さんの手をわずらわせるようなことではないわ。この時季の水は冷たいから、流水で冷やしたらそれで充分だと思います」

たまきはそう言い張り、部屋を出た。


火傷は冷やすのが一番だ。流水にさらして眺めてみれば、水疱の大きさはそこまででもない。氷を濡れ布巾でくるんだもので火傷の箇所を覆い、ぐるりと紐で固定して冷やす。

そうして、たまきは、再び部屋へと戻り、新聞を確認する作業を再開した。

じんじんする痛みが、たまきの集中力を欠けさせる。ただでさえ入ってこない記事を呑

み込めず四苦八苦する。もはやなにも頭に入ってこない。溝口に聞くべきことすら思いつかない。

嘆息し、読み終えた新聞の束をひとつにまとめた。

それから、いつもの朝の支度をこなしはじめる。

ドアが開き、馨が食堂に顔を出す。今朝の馨の起床はずいぶんと早い。

たまきはすぐに後ろを向いて、火傷した箇所を覆う布を、さりげなく外した。見た目が大げさすぎるし、なにかあったのかと問われそうで、嫌だった。仔細(しさい)を語ると、滋子について告げ口をすることになってしまう。わざとそうしたわけでもないのだし、おおごとにはしたくなかった。

「おはようございます。だんな様」

「うん」

まだ眠そうな馨に、新聞を渡す。いつも溝口がしているようなタイミングで、できただろうか。

新聞を受け取った馨は、無言で、たまきの顔を凝視している。

彫像みたいに微動だにしない綺麗な顔を、たまきは、ばつの悪い思いで見返した。きっと馨は、たまきの言葉を待っている。けれどいつまで経ってもたまきは、溝口がしてきたように、記事の概要をまとめて伝えることはできそうもない。

たまきは、仕方なく口を開く。

「……申し訳ございません。まだ、だんな様にお伝えできるほど、経済や法律についての記事を読みこなせておりません。わたしは本当になにひとつ、この國のことも、帝都のことも、知らないで生きているということしか、わかりません」

「うん。わからないことが、わかったんだね。それは大事なことだ」

「……はい」

なにをしても誉めてくれるのは嬉しいけれど、腑に落ちない。わからないことが、わかっただなんて言われても、情けなくて、泣きそうになるだけだ。

「たまき、その手はどうしたの？」

馨がふいにそう聞いてきた。

「手……ですか。あの……ごめんなさい。お見苦しいものを見せてしまって」

たまきは慌てて火傷をを片手で隠す。

「いや、見苦しいとかじゃなくその手は……怪我をしているのかい？」

「なんでもないです。ちょっと間違って熱いものに触れただけで、たいしたことじゃないんです」

「……たまき、手を見せなさい」

馨が命じた。芯の通った声を無視できず、たまきは不承不承馨の前に手を差し出す。

馨がたまきの手首に触れ、引き寄せる。

水ぶくれを見て眉を顰める。

「ひどい火傷じゃないか。痛そうだ。――溝口、このあいだ用意した軟膏をここに」

溝口が「はい。だんな様、いますぐに」と部屋を出ていく。

おずおずと手を引こうとしたが、馨はたまきの手首を握り締めたまま、力を緩めない。

戻ってきた溝口が持ってきたのは金色の蓋の白い瓶である。蓋を外し、馨の手前にかたりと置いた。なかに入っているのはとろりと白い軟膏だった。

溝口は軟膏だけではなくガーゼや包帯もひと揃い用意して瓶の横に並べていく。

「あの……こんな立派なお薬……とんでもないです。そこまでの火傷じゃないです。ほうっておいたら治りますから」

「どちらにしろこの薬はきみのために取り寄せたものだから、使わせてもらうよ」

「わたしのために？」

「水仕事できみの手が荒れているのを、信夫くんも気にしていたんだ。信夫くんになにか必要なものはないかと先日聞いたらね――〝お姉様のあかぎれがよくなるお薬が欲しい〟と言われてね」

「信夫が？」

「ああ。なにが欲しいかと聞かれて自分のものじゃなく、自分が大切にしている人のため

のものを所望する。実に素晴らしい弟さんだね」

「はいっ。信夫はとても優しい子なんです」

信夫を誉められて嬉しくて勢い込んでそう言うと、馨が「そうだね」と微笑む。

「実はこのあいだ――きみが信夫くんとふたりで話しているのを見て、自分のことが少しだけ嫌いになりかけた」

なにを言っているのかと、きょとんと見返す。

馨のような人間が、自分自身を嫌いになってしまうなんてどういうことだろう。

「あの……わたしがなにかしてしまったのでしょうか」

「いや。なにもしていない。きみたちは、ただ、きみたちらしく過ごしていただけだ。自分以外の大事な相手を慈しんで優しくしていた」

馨が軟膏をひとすくい指ですくってから、空中で動きを止めて、たまきを見る。

「だんな様……あの？」

「うん。ごめん、たまき。俺はこういうのを自分でやったことがないので、きみを痛くしないかが不安になった。痛かったら言ってくれるかい？」

「とんでもないですっ。自分でやります。お薬をいただけるだけでもう充分」

「いいから」

そうして、軟膏を火傷の上にそっと滑らせた。そんなに盛らなくてもというくらいにた

つぷりの量である。

それから水疱を破らないように気をつけ、注意深く丁寧に指を動かしていく。

——なんにでも器用でそつのないだんな様なのに……。

どことなくおっかなびっくりに薬を塗っていくその手は、いつになく不器用な動きなのだ。

ひどく生真面目なまなざしで、たまきの手だけを見つめている。

それが不思議とたまきの胸に甘い。

「俺の側にはきみみたいな人はいままであまりいなかったから、いまだにどう向き合うのが正しいのかわからないのだけれど」

馨がしみじみと言いながら、ガーゼにも、やはり山盛りの薬を盛ってから火傷の上に載せて、覆う。

「……はい」

たまきのような育ちの者は馨の側に、いなかったのだろう。

自分は粗忽で、さぞや至らないところばかりなのだろう。

きゅっと肩を細くして聞き入るたまきに、馨が続ける。

「俺のまわりにいる人たちはみんな自分自身を大きく見せるのに熱心で、他人に大切にされないと怒りだす。きみは、違う。きみは自分自身のことを大事にしない。自分をとても

粗末に扱う。どうしてだい？」

素直な言い方でするっと尋ねられ、答えに詰まった。

胸が痛くなって、泣きたいような気持ちになった。でも涙は出てこないのだ。代わりに首を傾げて口角を上げ、馨を見返す。

「それは……だって、わたしが取るに足りない人間だからです。それだけのことです」

「俺にとっては大事な花嫁だ。ちゃんと言っていたつもりだったが、もしかしたら伝わっていないのかもしれないね」

「え」

言葉がうまく呑み込めなかった。文章は伝わっているのだけれど、意味がわからない。

──大事な花嫁って？

「きみはいつも、困った顔で笑う。怒ったり、泣いたりする代わりに笑う。なにも欲しがらないし、好き嫌いも言ってくれない。きみの喜怒哀楽は、はたからは読み取りづらい」

「ごめんなさ……」

「謝罪はしなくていいよ。どうしたものかと考えていたが、きみが自分を大事にしないなら、俺がきみを大事にしようと思いついた。きみの大切な弟の信夫くんのことも、もちろん大事にする。そしてそれを口に出す。俺が口にしていけば、きみも自分の気持ちを俺にいつか語ってくれるかもしれないから」

包帯を巻きつけ、止めて、馨が笑った。

その笑顔に。

その言葉に。

たまきの心臓がきゅうっと柔らかく握り締められた。小鳥を柔らかく手のひらに収めて保護するみたいな、そんな優しいやり方で、馨はたまきのあちこちに触れていく。行動と言葉と笑顔。いろんなものでたまきを甘やかそうとする。

——だんな様は、本当に、わたしのことをよく見てくださっている。

「できた。包帯はきつくなかったかな。もしかしたらちょっと巻きすぎたかもしれないな。わからないことをすると、誰でもこういうことになるのだから、そこは容赦してくれるかい？　火傷の手当てははじめてのことなんだから、そんなにうまくはできないからね」

実際、とても丁寧すぎて、包帯は妙に分厚くなっていた。火傷の範囲より広く巻かれてしまい重病人のようである。

でもそれが——嬉しくて胸に沁みたのだ。

行為と、そしてかけられた言葉がたまきの心にゆっくりと溶けていく。

——わからないことをすると、誰でもこういうことになるのだから、と。

わからないという言葉を口にして、おろおろと萎縮するたまきの手に「はじめて」の治療を施して、馨はそう言うのだ。

「はい……いえ……はい」

思わずあやふやな返事を口にする。なにを言えばいいのかが、またもやわからなくなってしまった。

「どっちだい？　やっぱり巻きすぎたかもしれないな。きみは働き者だから動くのに邪魔だったらあとで溝口にやり直してもらいなさい」

「ありがとうございます。だんな様」

思わず手を引き寄せて包帯をもう片方の手でそっと抱える。

「それから、たまき。その髪型はとてもかわいいね。きみによく似合っている」

「え……」

息が止まるかと思う。さらさらと流れる水みたいな自然さで、たまきのことをかわいいと言う。

頬がかっと火照るのが自分でもわかった。

「す……すぐにお食事を持ってまいります」

一礼し、たまきは配膳室へと向かう。

たしかに厚くて少し動かしづらくて大げさだけれど——もうしばらくこの包帯はこのままにしておきたかった。馨に厚く巻かれた包帯を見下ろすたまきの頬に小さな笑いがふわりとのぼった。

馨をお見送りしてからひと通りのことをこなして、自室に一旦、戻る。朝に溝口に教えてもらった漢字や言葉を書きつけておきたい。そうやって自主的に復習しておかないと忘れてしまう。嫁いでからずっと新しいことを教えてもらうたびに昼に一度、そして夜にも一度、忘れないようにと書きつけを残す習慣ができている。

筆記用具を取り出そうと文机に向かう。

「あ」

思わず声が出たのは、またもや手紙が一通置いてあるのを見つけたからだ。

しかしいままでとは違いこの手紙は封書に「たまき様」と宛名が記されている。

間違いなく自分宛のものだ。

ただし筆跡を悟られないようにだろう、定規を当てて書いたとおぼしき直線だけで成り立つ文字だった。

開封してなかをあらためる。

きっと、いつもの手紙なのだろう。

早く出ていけという切り貼り文字を想定し、おそるおそる開封する。

が——。

いつもと違う真新しい白い便せんに記されていたのは、宛名と同じに定規を当てたような文字ではあったが手書きのものだった。

『新宿(しんじゅく)　カフェ黒猫(くろねこ)に今日の午後二時　信夫のこと話したい　ひとりで　他言無用』

さらに、そのカフェの地図が記載された紙が同封されている。

「わたしにひとりでこのカフェに来てっていうこと？」

信夫のこと、という文字に眉を顰める。

たまきの部屋は鍵のかかる部屋ではなく障子で開閉する和室だ。だから勝手に出入りするのは容易である。それはいいとしても、つまり、この桐小路の屋敷にいる誰かが差し出し人なのだ。

しかも相手はたまきの日々の習慣を知っている。たまきがだいたい同じ時間に自室に戻ることを知っているから手紙を置いた。

そんな相手が信夫についてなにを話したいのか。

部屋にある古い置き時計で時間を確認する。急いで出て話を聞いて戻ってきたなら夕飯の支度には間に合いそうだ。

たまきは割烹着を脱いで道行きの外套(がいとう)とショールを手に取った。

自家用車を使うのははばかられたので電車で移動した。

もしものときにと大事に取っておいたへそくりの財布を懐に、市電の駅を降り、地図を片手に新宿の街を歩く。

新宿が開けたのは煙草(たばこ)の専売公社と浄水場がこの地にできてからだと聞いている。通勤の労働者たちのために新しく駅舎が移転し、改札口も増え、行き交う人に合わせてさまざまな商いの店が建ち並びはじめたのだそうだ。

雑多な賑わいを見せる新宿はどこか猥雑(わいざつ)であった。気安い街だが、掏摸(すり)も多い。だからたまきは、つい何度も胸元の財布を確かめてしまう。

地図の通りに道を辿ると、細い路地裏のはしに目当ての店があった。

——カフェ黒猫。

夜になると電飾がつくのであろう薄汚れた立て看板をまじまじと見つめる。たまきがおぼろげに知っているカフェとは趣が違うように感じられた。

木製の扉は分厚くて、閉ざされている。窓の硝子(ガラス)から店内の様子を探ろうとつま先だって覗いてみたが、なかは暗くて、よく見えない。

銀座にある有名なカフェは、教養のある者たちが集う文化と芸術の徒の交流の場と聞いている。一度だけ通り過ぎた際にちらりと見たが、晴れがましいくらいに明るい場所だった。

美しい女給たちがテーブルのあいだを蝶のようにひらひらと行き交い、珈琲(コーヒー)という不思議に苦い飲み物と料理と菓子を提供する店。たまきのような無学な者には敷居の高い場だとぼんやりとそう感じていた。

けれど――このカフェからは教養や芸術ではなく退廃と夜の匂いがした。

「間違ってないわよね」

何度か地図と見比べ、店名も確認してから、深呼吸をする。

姿勢を正し覚悟を決めて扉を開けると、扉に取りつけられていた銅製の鐘ががらんと大きな音をさせて鳴り響いた。

入ってすぐの店先には椅子がひとつ。屈強な男が退屈そうにして座っている。怪訝そうにたまきを見る男の目つきの鋭さに怯(ひる)み、たまきは一歩、あとずさる。

男の横に真紅の天鵞絨(ビロード)の垂れ布がかけられていて、その奥にさらに店が続いているようである。

「いらっしゃいませ」

声がして、白く細い腕が布を跳ね上げた。

目がちかちかするような派手なピンクの洋装姿の女性が姿を現した。肩に銀の毛皮のショールを羽織り、髪は肩先で揃えられ、ゆるくウェーブがかかっている。細い指で煙管を持ってしゃなりしゃなりと歩いてくる。

「あ……の。こちらはカフェ黒猫さんで、合ってますよね」

「ええ。そうよ。申し訳ないけど看板を見て勘違いしてきたんならおあいにく。うちは巷のカフェとは違うカフェなの。特殊喫茶よ。女の客は、まあ、そういう好みならそれでもいいけど」

「特殊喫茶？」

「もしかしてあんた働き口を探しにきたほう？　どこの口入れ屋の手配かしら」

「違います。働き口は足りてます」

「足りてますって、どういう断り方なのよ。うちの女給はね、色気とちょっとしたお触りと軽妙な会話を楽しんでいただくための玄人なのよ。あんたみたいなおぼこいのは、うちでは願い下げだってば」

煙管を咥えて、わざとにたまきに煙を吐き出す。紫煙が目に沁みてぎゅっとまぶたを閉じながら、

「違うんです。わたし、ここで人と待ち合わせをしているんです。午後二時にここの店でって指定されていて」

と言い募った。

名乗るわけにはいかない。桐小路の家の名を出すことで馨に迷惑をかけては困るから。ではどうやって相手に自分が来たことを伝えればいいのだろう。カフェに辿りつけば相手が自分を見分けてくれると勝手に思い込んでいたのだけれど。

そこで、どうしようかと思いあぐねて無言になってしまったたまきの姿を女は上から下まで眺めた。

ふいに女の目が理解を得たように丸く見開かれる。

「ああ……。やだやだ。あんた、桐小路の」

きりのこ……のところでたまきは全力で否定する。

「ちっ、違いますっ」

「最後まで聞かずに打ち消すの、認めてるようなものよ。大丈夫よ。うちには口が固い女しかいないんだ。あたしはここの店主のヨウコ。お見知りおきを」

片手をひらりとなびかせて踊るように頭を下げた。ひとつひとつの所作が芝居がかっているが、派手な衣装と濃い化粧もあいまって不思議とそれが様になっている。

「垢抜けないおぼこい娘が来たら奥に通せって言われているわ。垢抜けないにしても程があるけど、うちで働かないんだったらどうでもいいことね。おいで」

薄く笑って女はたまきに背を向けた。たまきは無言でその後ろをついていく。

すり切れた絨毯が床に敷かれている。高い位置にはめられた色硝子から差し込む光が足元にちらちらと赤や青の色を落とす。

丸いテーブルを囲むように据えられたソファで、男女が密着して座っている。

見渡してみればどのテーブルでも男女が身体を寄せ合って、まるで恋人同士の熱烈な逢瀬のような状態であった。

テーブルに載った茶器には触れず、男は、女の身体に触れるのに熱心だ。男はみんな側にいる女を見て、女はというとなんの感情も読み取れない虚無の顔で黙って男に撫でまわされている。それでいて男が女を見た瞬間に、女は電源を入れたかのようにふわりと微笑む。

どういう類の店なのかがだんだん理解できてきたたまきであったが――。

ふたり連ればかりのテーブルで、ひとりで座る女性の顔を一瞬だけ見た途端、小さく息を呑んだ。

人待ち顔で肘をついている彼女には見覚えがある。

――七辻宮雪子様ではなくて？

以前、新聞で見ただけだが、他にそうはいない華のある美貌の主だ。

意志の強そうな大きな目。すっと通った鼻筋。やや薄めの唇に火をつける前の煙草を咥え微笑んでいる。女優のように美しいが新聞の写真とは違い、どことなくはすっぱだ。

まさか、と思い直す。ふさわしくないふるまいをしたら罰せられるのだ。七辻宮のお嬢様がここにいるわけがない。

國を超えての婚約が発表された宮家の女王殿下が、暗いカフェで、煙草を咥えて婀娜っぽく微笑んでいるのは、世間が求める高貴さとは程遠い。

たまきの視線に気づいたのか、雪子女王殿下に似た美女がさっと片手を掲げ、うつむいて顔を隠す。あからさまに疎んじられていることを察し、無粋な視線を投げてしまったことを咄嗟に恥じる。

「あまりじろじろ見ちゃだめよ。この店は他にはない特殊喫茶。この店での出会いは他言無用なの」

店主が小声でたまきを咎める。

「はい」

たまきは目を伏せ、足を進めた。

店の奥の突き当たりの扉を開ける。

個室であった。

窓はなく、やはりここにもテーブルと布貼りのソファが置かれていた。天井からつり下げられた丸い照明が黄ばんだ光で室内を満たしている。

入って正面のソファに深く座っているのはひとりの女性だ。

「滋子さん……」

言葉が口をついて出る。

そんな気がしていたのだ。たまきに「出ていけ」と何度も手紙を置いていった相手は彼女ではないかと。そうじゃなければいいなと願ってはいたのだが。

滋子はしょっちゅう里帰りをして本邸に泊まっていた。滋子なら、屋敷に自由に出入りし、たまきの部屋に忍び込むのも容易だったはずだ。滋子から見たたまきは、みっともなくて、桐小路の嫁にはふさわしくない女だというのは理解できている。出ていけと思われても、当然だ。

立ちすくむたまきの背後で、店主が「ごゆっくり」と声をかけ扉を閉めた。

「座って」

滋子が自分の隣を指してそう言う。対面の椅子には滋子の鞄が置いてあり座れない。が、さすがに滋子と隣り合わせで座るのはどうだろうと狼狽える。

「あなたを労るつもりはないわ。ただ、私、上から見下ろされるのは好きじゃないの。あなたと一緒に座るなんてぞっとするけれど、家ではできない誰かに聞かれたら困るような話をするのですもの。側にいらっしゃい」

肩をすくめて嫌そうに言われ、のろのろとたまきは滋子の隣に腰を下ろした。

「その包帯、ずいぶんと大げさね」

たまきの腕の包帯を見て、滋子がうそぶく。

馨が巻いてくれた包帯を咎められ、たまきは腕を引き寄せて無言でうつむく。やり過ごすのだけがたまきの処世術だ。

「……私は、あなたと違って痛いのも熱いのも知らないものだから痛みもよくわからないのよ」

気弱な言い方だった。だから不思議と、いま滋子が発した言葉には謝罪が含められていると思えた。

ふと顔を上げる。

「なんでそんな顔でこっちを見るのよ。嫌な女ね」

即座にそう言われ、またうつむいて謝罪した。

「……ごめんなさい」

自分はどんな顔をしていたのだろう。滋子が何度も言うような「みっともない髪」で「みっともない顔」をしているのだろうか。

包帯に手を添えて、ひとつ呼吸する。

意を決して、また顔を上げ、滋子に言う。

「いままでのお手紙は滋子様がくださったものなんですね。信夫のこととはいったいなんでしょうか」

「急がないで。珈琲の一杯くらいは飲んでいったらどう？　店主に用意させるから」

「いえ。わたしにはそんなお金もないのです。それにすぐにとって返して夕飯の支度をしなくてはなりませんから。どうぞご用件をお話しください」

「あなたってそういうところがあるわよね。頼りなげな風を装って、控え目にしているけれど、ここぞというときには自分を曲げないし強情。誰になにを言われても苛められても柳に風でいつもへらへらと笑っていて、まわりのことなんてどうでもいいみたいにして」

「……申し訳ございません」

「謝罪するってことは認めてるってことね。いい気になってるんだわ。本当に嫌な女」

なにを言っても伝わらない気がして、しおしおと小さくなってうなだれる。

そんなたまきを見て、どうでもいいわ、と滋子が眉を顰めた。

「わかってるの。あなたもなにかの力を持っている。馨と同じ側の人間よ。選ばれた側だわ。私とは違う」

吐き捨てるようにそう言ってテーブルに置かれた珈琲茶碗を手に取った。取っ手を上品に摘まむ、白い指と薄い爪。

「え？」

選ばれた側とは？　むしろ滋子こそが選ばれた側なのに。

「単刀直入に言うわ。きっとこれは馨のほうでも調べてることよ。あなたの旧姓は野田（のだ）。

貧しい漁村の生まれ。野田に嫁いだあなたの母の旧姓は竹林」

「はい……」

旧姓は野田。母の旧姓は竹林。その通りだ。親のことから話がはじまるのか。貧しい漁村の生まれの女がいまは贅沢な暮らしをさせてもらっていると、詰られるのかと、たまきは身体を縮める。

が――。

「あなた、異能の力を持っているでしょう？」

滋子が言う。

「はい？」

肯定はしなかった。が、否定もできなかった。

「馨はあなたに、あなたの異能がどこから来たのかまで伝えてないのでしょうね。あれは優しい顔でなにもかもを黒い風呂敷で包み込んでしまうそういう男だから。あなたも自分の力がどういうものなのかなんて調べそうな人間でもないし。命じられたことを黙々とこなして、家事仕事にあけくれて」

馬鹿にしたように肩をすくめた。

「竹林というのは、過去、桐小路の仇敵だったらしいわよ。竹林の家は、桐小路に貶められて落ちぶれたのよ。似た異能の力を持つ一族を追い落として、桐小路はいまの地位を

築いた。相手の家を根絶やしにした。……はずなのに、どうにかして生き延びた者がいたそうで、あなたと信夫に竹林の異能の力が受け継がれている」

「わたしと……信夫に？」

信夫にはそんな兆候はないのだがと逡巡する。信夫のあの賢さや、人の心の機微を察する力は、もしかしたらなにかの異能ゆえか。幼いときから優しくて聡い弟と思っていたが。

「桐小路はここ最近ほとんど力がない人間しか生まれてこない。そこで、異能の力を強めたくて、馨は津々浦々を調べ上げていたの。さすがに見つかりはしないだろうって思っていたのに……馨ときたら、本当につくづく〝持って〟いるんだもの。思いがけない近い場所で、あなたたちが見つかったんだわ」

口角をきゅっとつり上げた滋子の笑みは酷薄そうだった。笑い顔なのに奇妙に不気味で、近くで見るたまきの背筋がひやりと震える。

「馨があなたたちをどう使おうとしているか、あなたはわかっているの？」

「……はい」

──三年以内に、異能の力を継ぐ子を産むか、もしくは別な誰かを捜すか。

小さくうなずくたまきに、滋子の冷酷そうな笑みが大きく広がっていく。

「あなたはコドクがどういうものかを知っていて？」

押し殺した声で滋子が問うた。

ひそやかな声に、たまきはわずかに首を傾げ「はい……。いえ……。親は早くに亡くしましたがわたしには信夫がおりますので」と曖昧に応じる。

自分は孤独を知っているだろうか。

親は先に亡くなったがずっと信夫が側にいた。情も寂しさも貧しさも冷たさもすべてを信夫が埋めてくれた。弟のためだけに生きてきた自分が孤独を感じたことがあるのだろうか。

ためらうたまきを胡乱げに見つめ、滋子が眉を顰めて首を軽く左右に振った。

「ああ……違うわ。勘違いしている顔ね。寂しくてひとりぼっちっていう意味の孤独じゃない。私の言っているのは、ひとつの壺に毒虫や毒蛇やらを集めて戦わせる呪いのことよ。互いを喰い合って最後に残った毒の持ち主が一番強い呪いの力を持つの」

滋子は白い指を飲みかけの珈琲に浸し、テーブルの上に濡れた指で文字を描く。

蠱毒。

見るからにおぞましく、おそろしいものが巣くい、互いを喰い合っているような文字であった。

そして滋子は告げたのだ。

「桐小路はね、蠱毒の家よ。ずっとそうだった。力のある者は、同じく力を持つ者からその力を奪うの。そうやって異能の力を高めてきたわ。当主になるほどの力のある者はね、身内から狙われる。その力を奪うために」

紅に縁取られた赤い唇が動き言葉を紡ぐ。

白い歯が口元から覗く。桃色の舌がちらちらと蠢く。

「どうやって奪うかはね、簡単よ。相手をその手で殺すのよ。人によってはその血肉を喰らうと聞いている」

「そんな……」

馬鹿なと口走りながらも——たまきは心の底で、腑に落ちていた。

ずっとあった違和感の正体。

いままでの出来事のひとつひとつが、ここにきて意味を持つ。点と、点が、つながって線になる。線が囲んで面を作る。

馨のもとに深夜に水を運んだ先で枕の下から出てきた小刀。身のまわりの世話をすべてたまきがやり遂げること。馨は、溝口かたまき以外の手が入ることを厭う。

どんな料理でも溝口が食事の前に味見をしてから馨の前に出す。あれは毒味だ。

洗濯物のひとつひとつを丁寧にたたみ直す。針や毒、凶器になるものが布地の奥に隠されていないかの検分だ。

たまきには殺気がないからとつぶやいたときの馨の表情。桐小路は修羅の家だと馨は言っていた。

そういうことか。

そういうことだったのか。

「古い家系図を調べてご覧なさいな。桐小路の家は早死にする者だらけ。死因はだいたい事故死か病死になっているけど——病死とされているもののほとんどが毒殺でしょうね」

幼いときからそういう暮らしなのだとしたら、馨も滋子も安らげる時間などなかったはずだ。

「それは……さぞやご苦労されたことでしょうね。滋子様も……だんな様も……」

どことなくぎすぎすした家族関係ややり取りの理由も、そのせいだったのか。

言いながら——たまきの胸がちくりと痛んだ。

——異能の力ゆえ。

馨がたまきを娶ったのは、竹林という母方の実家の力ゆえ。

大事な嫁だというあの言葉も、たまきの成長をゆっくりと見守ってくれるあの態度も。

不思議な力を持つ家の末裔の自分が必要だというそれだけで。

——わたしでなくても、よかったのね。

異能の力を持ってさえいれば、相手が誰でもよかったのだろう。

滋子が、たまきの言葉に失笑する。

「あなた……なにを暢気なことを？　蠱毒の意味がまだ伝わらないの？」

滋子の指がまっすぐにたまきの胸元を指し示す。

「馨はね、自分の父を見殺しにして生き抜いた男よ。池で溺れかけた馨を父が助けて、代わりに水死したっていうのは知っているでしょう？　事故ってことになっているけど、どうなのかしら。私は、あのときに馨がお父様の力を吸い上げたんじゃないかと思っているの」

「そんな……」

「馨は自分の力を蓄えるために、あなたと信夫を連れてきたのよ。あなた、その力を取り込むために馨に殺されてしまうわよ？　蠱毒の壺の食われる側として連れてこられたのよ？」

「え？」

「桐小路はそういう家で、馨はその家で当主になったの。私だけじゃなく馨の代では強い異能の力を持つ者がほとんどいなくて、馨だけが桁外れだった。でもその分、馨は蠱毒の呪いをしないままあの年になってしまったの。本当だったらもっと強い力を取り込んで、さらに強い異能の主になるはずなのに」

だから——馨は竹林という昔の宿敵の一族を捜し出したのよ。

「自分が取り殺してその力を喰らうために」

桐小路はそういう家よ、と滋子が続けてささやく。

「残念なのか、よいことなのか、私にはたいした力はなかったわ。それでも子どものときには未来を夢見で解くくらいはできたのだけれど……育つにつれて異能の力は消えてしまった。寂しかったわ。自分は無能なんだと苛まれた」

滋子がそう、つぶやく。

「でも、女性にはままあることだと、母が言ってくれたわ。慰めて〝そのほうがいい。化け物になるよりずっといい〟って言ってくださったの。〝女なのだから、なにも知らないほうがいい。力も持たないほうがいい。いいおうちに嫁ぐのが一番なのよ〟と送り出してくれて」

それで、早くに嫁に出されたの。

「馨に取り込まれかねない私の身を案じて誰もが私に早く他家に嫁ぎなさいとうながしたわ。身元を明かさず、私を心配した内容の手紙も何通ももらったものよ。差出人が誰かはわからないそれを、私は大事に抱えて嫁に出た。捨てる気にはなれなかったの」

それを——あなたに届けたの。

滋子の目はまっすぐにたまきを凝視している。

「あなたは私を意地の悪い小姑だと疎ましく思っているのかもしれないけれど、あの手

紙は私の善意のつもりよ」

古い便せんに真新しい封筒。誰の筆跡かも不明な活字を切り貼りした手紙。

出ていけと、何度もうながしたあの手紙を、滋子はかつて誰かから受け取って——保管していたそれを、嫁いできたたまきへと差し出した。

まさか、とたまきは思う。

修羅の家なことはわかる。蠱毒の呪いというのもあるのかもしれない。馨も滋子も大変な思いをして育ったのだろうことも。

でも——。

「だんな様は……そんな方ではございません。だってとてもお優しくて、信夫のことも大事にしてくださって……嘘のない方でいらっしゃる」

たまきは我知らず、腕に巻かれた包帯に手を当て胸元に引き寄せる。

ノブレス・オブリージュ。

馨は高貴な人だ。

滋子がたまきのことを呆れた顔で見やる。

「馨は桐小路の当主よ？　桐小路の人間はみんな嘘つきなの。その当主が嘘をつかないでここまでやってこられるわけがないじゃないの」

「でも家督を継いだ者だけは嘘をついてはならないって……家訓があると……」

「当主が代々嘘をついてきたからこそ〝家督を継いだ者だけは嘘をついてはならない〟が家訓になったのよ。桐小路の跡継ぎはみんながみんな嘘つきってことよ。それに家訓は法律でもなんでもない。いままでの当主もみんな破ってるわよ、あんなの。馨があなたのことを優しく大事にしているのだって油断をさせるためかもしれないわ。結婚して跡継ぎを産むあなたが無事だとしても、あなたの弟は危ないかもしれない。というか、信夫こそ危ないのではなくて？　力を吸い取るためにあなたの弟を引き取ったんだと、私はそう思って見ていたわ」

「そんな……」

「警告はしたわよ。私はあの手紙を受け取って忠告に従って嫁いで家を出た。別に、死んだってかまわないって思っていたけれど……でも馨の糧になるのは嫌だったのですもの」

滋子が軽く肩をすくめ、たまきから視線を逸らす。

「あなたが同じものを渡されて逃げずにそれで犠牲になったとしても、それはあなたの自由なのですからね。私は私のすべき義務を果たしただけよ。信じようと、信じまいと」

それだけよ、と滋子は言い捨てて立ち上がり、椅子の上の鞄を手にして部屋を出ていった。

もやもやとしたものを抱えたまま、たまきは桐小路の屋敷へと戻る。

いつも通りに家事をして、溝口に確認をお願いし、気づけば夜だ。

馨の帰宅が早くて、珍しくふたりで食卓を囲んだ。

焼き魚に里芋の煮転がしに煮豆に汁物などの地味な料理だったが、馨はひとつ残らず食べてくれた。特に出汁を利かせて最後に鰹節（かつおぶし）をさらりと振りかけた里芋が気に入ったのか「これはおかわりはないのか」と聞いてきた。

たまきは飛び上がるみたいに椅子の上でひょんっとのびて「ございます」と里芋を取りに厨房に戻った。

たぶん昨日までのたまきだったら、嬉しくてたまらずに勝手に笑顔になってしまっていただろう。

でも——今日は滋子に言われたことが頭から離れず、素直に喜べない。

馨は口数が多いほうではない。たまきも率先して話しかけることをしない。

食事を食べ終えて、馨は持ち帰った仕事をするために書斎へとこもってしまった。食事の片づけをし、翌朝のために米を研いで水に浸す。濡れた包帯を解いて巻き直すのがもったいないと思えた。が、びしょびしょになったものを巻きつけているのがよくないのは、わかる。

解いて、馨にもらった軟膏を自分でつけて、簡単にくるりと巻きつける。片手で巻いた

分不格好になった。それでも馨が巻いた包帯よりも厚みが少ない。それがありがたくて、そしておかしくて、ちょっとだけ笑った。

馨はたまに書斎に飲み物を持ってくるようにと頼むことがあるから、しばらく厨房で待っていた。

いつもなら時間を持てあますことはない。こういった隙間の時間にこそ、できる仕事がある。洋服のほつれを繕ったり、染み抜きをしたり。

細かな仕事をやらなくてはと思うのに、たまきの手が動かない。

——だんな様はお優しい方よ。

蠱毒なんて。

たまきや信夫の力を奪うために殺すなんて。

そんなことをする人じゃない。

たまきは着物の胸元に押し込んだきりの手紙を取り出す。

滋子に話を聞いたあとで読む手紙は、それまでとは違う文面に読み取れるのが不思議だ。

書いているのは同じに「早く逃げろ」という文章なのに。

滋子から渡されたこれは、滋子が別の誰かからもらったもの。滋子の身の安全を心配して逃げることをうながした手紙。

「本当に、そうなの？」

口に出して自問したのと同時に部屋の戸がすっと開く。足音なんてしなかったのに、いったい誰がとぎょっとして顔を上げると——視線の先に立っているのは馨であった。

「どうしたんだ、たまき」

馨はじっとたまきの手元の手紙を見ている。

暗がりに馨の怜悧な美貌がぼうっと浮かんで見えた。馨のまなざしの鋭さに、たまきの全身がざわりと粟立つ。

「いえ。あの、なんでもないです」

慌てて手紙を背中に隠す。心臓が早鐘のように鳴っている。

「隠しても遅いよ。見せなさい」

馨が手を差し出して命じる。彼は命令することに慣れていて、そしてたまきはどうしても命じられると従ってしまう質なのだ。のろのろと手紙を手渡すと、馨は眉を顰めて告げた。

「これは滋子姉様宛の手紙だね。あの人はそれを処分したんだとばかり思っていたのに……。どうしてたまきがこれを持っている？」

厳しい口調だった。答えられず無言になる。

——差出人も書いていないのに、滋子様のものだとわかっていらっしゃる。

滋子は馨から逃げてよそに嫁いだと言っていた。

馨はこの手紙の内容に心当たりがあるのだろうか。

「そんな顔をするな。怒っているわけではないよ。心配しているんだ。たまきが食卓でずっと上の空になっていたから気になった。たまきはいつだって俺の話をひどく熱心に聞いてくれるのに今宵はずいぶんおかしな具合だったからね」

馨がたまきの頬にそっと片手をのばす。冷たい指先が柔らかく触れる。他のときならば優しくされて嬉しく思うその動作が、今夜に限ってはとても怖ろしく思える。

それでも、たまきは思うのだ。

馨は、たまきの表情の変化に気づいてくれるのだ、と。

たまきには困った顔の笑顔と、嬉しい笑顔と、真顔しかないらしい。自分は怒りや悲しみの表情を育つ途中で道ばたに忘れてきてしまったのだと思っている。たまきの喜怒哀楽を真に察することができるのは信夫だけ。

けれど、どこの家でも能面のような女だと陰口を叩かれ続けたたまきの顔色を、馨はたしかに読み取ってくれる。

気を配り、たまきの心に届く優しさを手渡してくれる。

「滋子様に……蠱毒の呪いのお話を伺いました」

「そうか。知ってしまったんだね。滋子姉様は困った人だ。家を出て嫁いでしまったいまとなってはいらぬお節介が滋子姉様の生きがいなんだと俺もわかってはいるけど、たまき

に関して口出しするのは見過ごせないな……」

「いえ」

「そういうのが嫌で婚姻の式もお披露目もしていないのに、アオ様といい滋子姉様といい、まったく……どうして俺たち夫婦の問題にそうやって首を突っ込みたがる」

馨がたまきに「伝えないでいて悪かった」と謝罪する。

慈しむ言い方だったから混乱する。

「でも……大丈夫だ。たまきのことは俺が守る。たしかにここは修羅の家で、桐小路の分家にいる有象無象がきみの力を欲しがるだろうが、他の異能持ちにきみを殺させたりするものか。安心しなさい」

修羅の家だというのは真実らしい。

が、馨がたまきの力を取り込むのではなく、馨以外の桐小路の誰かがたまきの力を奪いにくるのだと、馨はそれを心配している。

どちらが本当なのかわからない。

他の異能持ちにきみを……という言い方は「自分以外の」他の異能持ちにはたまきの力を渡さないが、自分はたまきをいずれ取り込む予定だという言い方にも聞こえる。

「……信夫のことも……ですか？　守ってくださいますか？」

おそるおそる尋ねると、馨がにこりと笑ってみせた。

そこだけぱっと光の粉を散らしたかのように美しく華やかな笑みが、禍々（まがまが）しく不吉なものに感じられて心がざわめく。

「もちろんだ。安心しなさい」

優しく告げる馨の輪郭がふわりと明るくまばゆくて、たまきはまぶしさに目を細め「はい」と小さくうなずいた。

はいとしか——言えなかった。

間章

あれは——暑い夏の一日だった。

「足が汚れてしまったわ」

数寄屋造りの日本家屋——松の木が屋根にかかるように立派に枝をのばす庭に向かい、縁側に腰かけた彼女が、子どもみたいに足をぶらつかせていた。

僕は、ぼんやりと彼女のその言葉を聞いていた。

うつむくと額から汗が滴り落ちる。

「ねえ。足が汚れてしまったの。あなたとの外出で」

蝉の声がうるさいくらいにジジジジと鳴いて、僕の耳に蓋をする。

僕は彼女に対して腹を立てていたものだから、その言葉が僕に向けられているものだと気づけなかった。

たしかに僕は彼女と一緒に出かけはしたが——それは他に一緒に出かけられる相手がいなかっただけのことだ。彼女は僕に目をくれもしなかったし、僕は終始荷物持ちとして彼女につき従っていた。山ほどの買い物につき合い、映画館では隣に座った。彼女は「切符を買ってきて」なんていう言葉ですら僕に惜しんで、ただ、切符売り場を顎で指し示し僕を睨みつけただけだった。

しかも一枚だけ買って戻ってきた僕に目をつり上げ「もう一枚買ってきて。言わないとわからないなんて、どうかしている」と吐き捨てた。誰の分かもわからず、さらに追加して戻ってくると、彼女はその切符を僕に寄越したのだ。

一緒に見たいなら見たいとそう言えばいいじゃないか。なんて素直じゃない女だ。

華族の令嬢だからってこんなにわがままな女、願い下げだ。

心のなかで苛立ちの言葉を投げつけながら——それでも僕は——彼女の隣の座席で、映画ではなくずっと彼女の横顔を気にしていた。

綺麗な横顔を。

映画から帰ってきて屋敷に送り届けても、彼女は僕に帰れとは命じない。

僕は、子どもみたいな風情で足を揺らしたり、頰を膨らませて拗ねたりする彼女の側で今度はもう怒りを通り越し、途方に暮れてしまっていた。

なにせ互いの立場が違う。勝手に帰ってしまうわけにはいかないのだ。

それに——どうしてか僕は帰りたくないと感じていた。

「言わないとわからないの？」

彼女が言った。

「言われたって、わからないですよ」

ふてくされる彼女を前にして、僕はとうとう音を上げる。

地方に帰れば立派な炭鉱の跡取り息子だが、ここではただの学生だ。

そう、僕も彼女もあの夏の一日、ただの学生同士だったのだ。

彼女が笑った。

「ねぇ。あなたの、そういうところ、が」

そういうところが——どうだというのか。

彼女は着物の裾をはだけ、足袋の留め金をひとつひとつ外してつるりと脱いだ。丸い踵と小さな指。薄くひらべったい足の甲。細い足首。どこをとっても汚れていない綺麗な白

い足をさらし、三たび、言う。

「足が汚れてしまったの。洗ってちょうだい」

「僕に言っているんですか？」

「あなたに言っているの。まさかあなた、わたしが自分ひとりで盥に水を用意して運んで足を洗えると思っているの？　そんなことしたことないわ」

したことは――ないのだ。知っている。この女は、盥に自分で水を張ったことのない女だ。

だから僕は盥に水を張り、戻ってきて、彼女の足元に跪（ひざまず）いた。

ちゃぷん。

片足だけを盥に沈め、彼女は盥の水をくるくると回す。五つの小さな足の指。華奢なつま先が、盥に溜めた水をはね飛ばす。ちゃぷん。ちゃぷん。僕の頬に飛沫（しぶき）がかかる。汗と一緒に手のひらで顔をぐいっと拭くと、彼女はまぶしいものを見るようにして目を細めた。

彼女が足を緩く持ち上げる。着物の裾がさらに大きくはだけた。着物の下に身につけている襦袢（じゅばん）がちらりと覗く。橙色の地にとりどりの形と色の硝子瓶が並ぶ代わった模様の襦袢だった。

「なにを見ているの」

「襦袢を」

もういっそ、どうとでもなれと思い、正直に告げた。彼女は、本来、僕がこんな軽口を叩けるような、そんな相手ではない。

「見てないで、足を洗って」

断れない命令に従って、僕は彼女の足にそっと触れる。たくし上げた着物の奥は見ないようにして、すべすべとした丸い踵や足の甲を手のひらで丁寧に洗う。指のあいだに、指を差し入れ、洗っているとくすくすと小さな笑い声をあげる。

「そんなふうにしたら洗えません。動かないでください」

「だって」

おかしくなりそうだったと感じたときには、とっくにふたりとも、おかしくなってしまっていた。そうじゃなければ僕は彼女の足を洗わない。彼女は僕に裸足(はだし)のつま先を触れさせない。


そして、僕たちはまっさかさまに恋に落ちた。

どうして選ばれたかはわからないまま、僕は彼女に夢中になった。

彼女は僕に、彼女の属する世界のことを教えてくれた。西洋料理の食事を楽しむこと。そのマナー。観劇に音楽鑑賞。ときに罵り、ときに優しく。僕は彼女にふさわしい男になりたくて必死で学んだ。そんなことはどうあがいても無理なのに。

「死にたいと願いながら生きているの」

それを言ったのは、いつだったのか。もうそのときには男女の関係になっていた。彼女は場末の安宿を物珍しそうに眺めまわし、子どものようにはしゃいでいた。

けれど、はしゃいだと思うと「あなたはこういう場所にいままで何回来たの？　わたしがはじめてじゃあないのは、わかっているわ。だって、あなたにしてはなにもかもが手慣れていたもの。ひどい男」と泣きながら僕を詰（なじ）りだす。

いつだって彼女は無邪気で残酷で癇癪（かんしゃく）持ちで——美しかった。

綺麗で無頓着で残酷な彼女は、なに不自由のない自分の暮らしこそが疎ましく退屈なのだと自身の境遇を憂いた。

「死なないことだけが生きているという意味なら、別に生きていなくてもいいような気がするの。このまま親に決められた相手と結婚して子どもを生んで育ててって考えるとぞっとする」

一生遊んで暮らしていきたいわけじゃない。

ただ、わたしは、満たされたいの。

「誰でもよかったから僕を選んだんだね」

「誰でもよかったわけじゃない」

「どうかな。絶対に誰でもよかったんだ」

「最初はね、そうだったかも」

でも、いまはもう、あなたがあなただから好きなのよ。

「かわいそうに。僕みたいな男とこんなふうになって。あなたならもっといろんな人を選べたのに」

「悪い男みたいな言い方をするようになったわね。最初は目も合わせてくれなかったくせに」

わたしの横顔ばかり盗み見ていたくせに。知っているのよ。

わたしをずっと見ていたの、知っているの。だから、わたし。

並んで横になっていた彼女が、猫のように僕の腕に額を押しつけてくる。愛おしさが胸の奥に湧き出て、どうしようもなくくらくらとした。

長く続かない恋だと知りながら、分不相応の想いに身を焦がし——僕は彼女との恋に溺れた。生きる意味を探す彼女の身体の奥底を僕で満たした。満たせていたのか。どうだろう。

暑い夏の陽炎（かげろう）みたいに儚く遠い過去の記憶だ。

どちらともつかないまま気持ちのまま、たまきはずっと悩んでいた。

馨を信じたい。

が、信夫は守らなければいけない。

悩みながらも、日々は過ぎていく。

五

朝になると新聞にアイロンをかけて記事を読み、朝食の前に馨に手渡す。

馨は忙しく、夜の帰宅が遅い日が多かったが、優しさは変わらない。

新聞を渡すたまきにあれこれとひとつずつ噛んで含めるように記事の裏側や社会情勢を読み解いて語ってくれる。

「そういえば山崎くんの家から連絡が来たよ。山崎くんは無事に青島に辿りついた」

馨がにこりと笑ってたまきに告げる。

実に晴れやかな笑顔であった。

「手応えのある土地だからこそ、〝継ぎもの〟の言葉を励みにがんばろうと思うと伝言が

あった。きみにもくれぐれもよろしくとのことだ。彼によい言葉を贈ってくれて、ありがとう、たまき」

「わたしはなにもしておりせん。だんな様のお力です。だんな様が山崎様の青島での未来を〝見〟てお話ししてくださったから……」

馨は未来を見て、有益な情報を告げた。

たまきは山崎の生命の力の縁取りを見ただけだ。たまきに言われなくても山崎が無事に青島につくことなんて馨はわかっていたはずだ。

「俺の力ではなく、きみの力ゆえだ。きみはどうしてそんなに自分の能力を低く見るのかな。もっと自信を持ってくれていい」

馨の表情がわずかに陰る。

「すみません……」

しおれたたまきに、馨が「怒っているわけじゃないんだ」と言葉を重ねた。

「ところで、たまきは夜会のドレスは持ってはいなかったね?」

突然に話題が変わった。

たまきは目を瞬かせてから、こくりとうなずく。

「はい。ございません」

「そうか。だったら作らないとならないね。桐小路の妻として舞踏会に呼ばれることもあ

るだろうから、ダンスも習ったほうがいい。誰かいい先生を選ぶから、習いにいきなさい」

「ダンス……ですか？」

政治や経済や常識を習得する次にはダンスまで。

男女が抱き合うように寄り添って人前で踊る西洋のそれを、たまきは人づてに聞くだけで実際に見たこともないのだ。古い時代の人間にとっては、はしたなく見えるものだと聞いた記憶だけがある。

「ずいぶんと困った顔になった。ダンスは嫌いか」

「好きも嫌いもないのです。知らないのですから。ただ……先生というのは、その……男の方なのでしょうか。西洋のダンスというのは男女が手を取り合ってするものだと聞いています。夫のいる身で知らない男性の手を取るのは、手習いだとわかっていても、よくないような気がします。それになにより……恥ずかしいです」

「なるほど。俺が相手なら恥ずかしくないの？」

馨が真顔で問いかけた。

恥ずかしいに決まっている。馨に触れられるたびに自分の頬が赤くなっているのを、馨は何度か見ているのにどうしてこんなことを聞いてくるのか。「喜怒哀楽が薄くてなにを考えているかわからない」とみんなに言われるたまきの、読み取りづらいとされる表情を

見事に読み取ってたまきの心情や嘘を暴く力を持っているのに。

「……だんな様に触れられるのが一番に恥ずかしいです」

たまきはうつむいて小声で告げた。

馨が「うん」とうなずく。

ちらりと視線を上げると、たまきを見つめる馨の口元に淡い微笑みが浮かんでいる。

「あの……お食事を用意してまいります」

耳の先まで火照ってしまい、馨の顔をよく見られない。だからたまきは慌ててそう言って、一礼すると、馨の返事を聞かずに配膳室へ戻ったのだった。

そうして、佐久間との会食の日がやってきた。

滋子はあのあとも何度か屋敷に顔を出したが、手紙がたまきのもとに来ることはもうなかった。

約束の時間の午後二時に、佐久間とその一行が、車寄せのポーチに二台の自動車で乗りつける。

馨には〝みんなの未来を見〟てくれと事前に言われている。もちろん馨がちゃんと見てくれるうえで、たまきにもそうするようにという話なので気負う必要はないはずだ。

「ああ、これが噂の若い奥さんか。どれほどのものかと思っていたが……まあ、あれだ。並だな。どうしたね、馨さん？　きみは俺の知ってるなかで一番の面食いだったが」

ホールに佐久間の胴間声が響き渡る。

「俺が面食いだというのは佐久間くんの勘違いだろう。顔のいい人間が好きなら、俺は、毎日、鏡だけ見て暮らす。なにせ俺より美しい女に会ったことがないからね」

「違いないけど、自分で言うか」

大声で笑う佐久間の様子を、たまきは、失礼にならない程度に、薄目で眺める。

たまきは佐久間たちを〝見〟なくてはならないのだから。

──わたしにはこの力しかないのだし。

ふと心を過るのは、滋子に言われた蠱毒の呪いや、異能の力をつないできた竹林という家のことだ。たまきが馨に選ばれたのはすべてが〝見〟ることができるから。

眠れなかったことと溜まった疲れがたまきの身体を重くしている。

佐久間は巨軀で、姿勢のいい、はきはきとした男だった。漠然と年配の男を想像していたが、たぶんまだ三十路だろう。身体だけではなく、態度も大きい。

そんな佐久間の後ろに並んでいる炭鉱の男たち五名は、佐久間に比べると、猫背で、小さく見える。せめて胸を張っていれば、あんなに疲れているようには見えないだろうにと、思う。何人かが、遠慮しながら、きょろきょろと桐小路の洋館の内装を見上げている。贅

沢な洋館が珍しいのだろう。

けれどなかにひとりだけ、桐小路の豪華さに臆することなくあちこちを見渡す男がいた。自然とたまきの視線はその男へと向かう。

男の頬には、縦長に傷跡がある。刃物の傷だろうか。それがなければ優男だったろうに、傷のせいで、ぱっと見たときに怖さが先に立つ。目をよく見れば穏やかそうなのだけれど。

男は、たまきがじっと見ていることに気づき、しばらく、たまきを見返していた。それから慎ましく顔をそむける。

と——隣に立つ馨が小さく叱責する。

「たまき、そんなふうに客人を検分するかのようにしげしげ見ては失礼だよ」

「申し訳ございません」

配慮できずに、あからさまに凝視してしまっていたようだ。たまきは慌てて、目を伏せる。

「ふむ。馨さんは彼女のどこが気に入って見初めたのだい?」

佐久間が興味津々で聞いてくる。

「たまきは骨が美しい」

「骨?」

「はじめて見たときに、骨が美しいなと思ったんだ。すっとして立っていた。姿勢がよく

骨格の作りが美しいことは大事だよ。骨の上に乗っている肉と、皮を、それが支えているのだからね」

「……骨格」

佐久間が呆気にとられている。

たまきもまた引きつった笑みを浮かべるしかなかった。

深呼吸の次に誉めてくれるのが、骨とは。

――しかも本気でわたしの骨を誉めてくださっているのでしょうね。他に誉めるべき箇所が見つからないので必死に見つけてくださった美点ってことかしら。

骨なんて、死んで、焼かれなければひと目にさらされることのない部分を賞賛されてもと思うが――。

が、おかしなことを言う馨のおかげで、妙に力んでいた身体が脱力した。異能の力しかないけれど、力だけはある。せめてそれをきちんと使いこなしてみせないと。

息を吐き、たまきは佐久間を真っ向から見つめる。

佐久間を縁取っているのは、明るい橙色だった。〝陽気〟というのはこういうことかと納得する。欠片も暗くない。つまり、しばらく死にそうにない。

さて次はと、目を細め、他の男たちの様子をさりげなく観察しようとした、そのとき――。

「佐久間さん……。いらしていたのね」

滋子がホールに顔を出した。アフタヌーンドレスのくるぶしまである長い裾を揺らし、しゃなりしゃなりと佐久間へと寄り添う。わずかに開いた胸元からダイヤのネックレスが覗く。

「これは……滋子さん。相変わらずお綺麗ですね。こんなに美人な奥さんがいるご主人が本当に羨ましい」

「そんなこと……」

ふふ……と、笑う滋子のふるまいに、媚びのようなものが滲んでいた。

思わず、たまきは眉根を寄せてじっと滋子を見てしまった。その縁取りが、佐久間と同じ橙色を帯びていることに気づく。

——同じ、色？

まったくの同じ色。

——そういう人たちはいままで何人も見てきたけれど。あれはみんな夫婦とか恋人とかそういう関係だったような……？　関わりの深い人たちはそうやって同じ色に染まるのかと勝手に思っていたけれど？

不思議に思ってまじまじとふたりを見ていると——たまきの視線を感じた滋子がきっとこちらを睨みつける。

慌てて顔を伏せると、滋子が「気が利かない嫁なのよ。ごめんなさいね。皆さん、お腹がすいたでしょう？　早くいらして。ここにいてはお茶すら出てこなくてよ」と佐久間の腕を摑んで、応接室へとひっぱっていった。

その後ろを男たちがぞろぞろとついていく。

あとに残った馨が、たまきに問いかける。

「それで、たまきは佐久間をどう見て取った？　首を傾げていたけれど、なにかしら気づいたんだろう。もしも人前で言うのがはばかられるのなら、ここで俺にこっそり教えてくれないか？」

「わたし……首を傾げておりましたか？」

「ああ」

「たいしたことではないのです。ただ、お義姉様と佐久間様がまったく同じ縁取りの色合いをしておりましたので。そういうふうに見えることは、よほどの縁で結ばれているような——つまり夫婦や恋人同士のような人たちのときだけだったので……、あ？」

説明しているうちに、自分がとんでもないことを言ってしまったと青ざめた。これでは滋子と佐久間が浅からぬ仲なのではと言っているのと同じではないか。滋子にはすでにきちんとした夫がいるというのに——。

しかし、馨からは思ってもいない答えが返ってきた。

「……すごいね。たまきの力はそこまで読めるのだね」

「え?」

「人前では言ってはいけないよ」

「あの……だんな様……それはいったい」

「桐小路の人間はみんな嘘つきだというあれはね、常にまっ正直でいることで無用になにかを傷つけるなら、ときには嘘をつくことも必要だという意味合いもある。知らないふりも大切だ」

「は……い……。ですが……でしたら……それは」

うまく事実を呑み込めずにたまきは口ごもった。

華族令嬢の滋子と、地方の炭鉱王の佐久間が深い関係だったことがある……と、そういうことなのだろうか。

「あのふたりはね、昔、恋愛関係にあったんだ。いまもそうかは俺はわからなかったが……たまきが見て取ったのなら、そういうことなのだろうね。滋子姉様は若いときから、いまに至るまでずっと〝生きがい〟というものを求めて生きているひとだから……他人へのお節介や文芸サロンでの文化活動だけでは不足なのかもしれない。そうか……彼との仲はまだ……」

たまきは口を開きかけ——だが、問う言葉が出てこないのでまた閉じた。

馨の声がさらに潜められる。

「姉をなじってはならないよ。姉は、桐小路家の令嬢だ。彼女はね、純粋な女性なんだよ。きちんとしたところに嫁に出すために躾をされ、普通の男たちとめったに話すこともないまま年頃になった。華族の娘とはそういうものだ。なに不自由のない暮らしのなかに、家と格式に縛られる不自由さだけがある」

「……はい」

馨は、たまきの耳元に唇を近づけひそりと続ける。

「まだ若くなにも知らない姉が、桐小路という家をひたすら崇拝する佐久間にちやほやされて、ほだされてしまったのは罪ではないよ。華族であっても恋は、する」

だがね、と、憂う声で馨が言った。

「姉はよくも悪くも桐小路の娘だったのさ。親が選び抜いた、きちんとしたところに嫁に行くしかなかったんだ。姉の結婚相手として、佐久間も一度は候補に挙がっていたんだが……それでも最終的にうちの親は、佐久間を選ばなかった。それはそれで道理だよ。彼は、恋をするには程よいが、結婚相手には向いていない不実な男だ。他にも睦言をささやく相手がいるような、そういう男だというのは調べてわかった。しかもときに他人に暴力をふるう」

「暴力……」

「だから彼とのつき合いには反対したんだが……それでも、滋子姉様が男であれば、婚姻はせずとも恋ならばできたはずさ。恋のひとつやふたつ――みっつももっとたくさんだって好きにできるのに。滋子姉様にはそれはできない。爵位があるからだけじゃない。この國ではいまだ女性だというだけで、いろんなことで縛られる。恋愛以外にも制限が多すぎる」

姉が桐小路侯爵家の娘でなかったら、あのふたりはもしかしたら結ばれていたのかもしれないね。

「それでも、あのとき、ふたりで手に手を取って逃げ出してでもいたなら、彼らは現在とは違う〝いま〟を生きていたはずだ。それを、選ばなかった結果が、ここだ」

馨はひとさし指で、大理石の床を指し示した。

「姉は義兄(あに)のもとに嫁いだし、佐久間も一昨年、別なところの華族令嬢と縁づいた。佐久間も、姉も、この〝いま〟を選んだ」

それでもたまきの目をごまかせなかったのだねと、馨は切ない声でそう告げ、たまきの手を取って歩きだす。

「たまきは彼らをどう〝見〟たんだい？」

「佐久間さんは溢(あふ)れるばかりに命の力に満ちていらっしゃる。ただ……申し訳ございません。他の皆様の光は佐久間さんがまばゆくてよく見えませんでした……」

「そうか。ありがとう。とにかく佐久間くんは安泰ということだね。他の男たちについては食事のときにでも〝見〟てくれればそれでいい。ありがとう。たまきのおかげで安心して引導が渡せる」

馨はどこかほっとしたようにそう告げ、微笑んだ。

応接室でのお茶のあと――会食がはじまった。

用意された洋食が運び込まれた食堂で、滋子が朗らかな笑い声をあげている。

よく磨かれた銀のフォークとナイフの取り扱いに四苦八苦しているのは、たまきと――佐久間に連れてこられた炭鉱の男たちである。前菜のサラダには、スモークされた鮭があしらわれていた。それをうまくフォークに載せられず、しばらく食器とフォークとがカチカチと鳴る音がした。誰かがスープを啜ると、滋子がわずかに眉を顰め、佐久間が苦く笑って取りなす。

「おまえたち、言っただろう。こういうのは、音をさせて飲んではいけないんだ。あと食器。もう少し静かに食べられないか？」

佐久間さん……と、滋子が糖分の高い声でその名を呼んで、笑った。

「いいのよ。皆さんは、なにも知らないのですもの。マナーなんて気にせず、よく味わっ

てくださいな。ねぇ、お食事に合わせたワインも輸入物なの。きりっと冷えた白がサーモンに合いますわ。お飲みになって」

甘ったるくそう言われ、男たちはよけいにぎくしゃくとかしこまってしまった。たまきにも、その感覚はよくわかる。なにも知らずに無礼をするならまだしも、教えられたあとでうまくできないのは、無様だった。礼儀知らずの自分が野蛮人に思えて情けなくなるその気持ち。

取りなしてくれようとするのが、かえって惨めに思えるのだ。どれを手にしたらいいのかわからないまま、並んでいるたくさんの銀食器。打ち鳴らすみたいに音を立てるナイフにフォーク。

スープの器が下げられ、男たちは気の乗らない様子で食事を続けている。グラスに口をつけるのは食器を手にするよりたやすいから、男たちはワイングラスの中味をがぶがぶと飲み干していく。給仕たちが音もなく忍び寄って、あいたグラスにワインを注ぐ。

馨に話を聞いてしまったから、たまきは滋子と佐久間のことをあまり見ることができずにいた。

佐久間と馨と滋子が楽しげに会話をくり広げ、たまきや男たちは無言で不慣れなナイフとフォークと格闘している。

——佐久間さんの右のお席にいるのが、植田（うえだ）さん。それから久保（くぼ）さん。横津（よこつ）さん。森（もり）さ

んに、結城さん。

お茶のときにそれぞれに紹介された男たちの名字をひとつひとつ頭のなかで唱え、たまきは彼らの様子を眺める。

目を細め、彼らの未来を探るたまきは、マナーについてや、佐久間と滋子の関係についてを気にするのとは別の部分でも、美味しいものを味わう余裕がなかった。

ひとりひとり順に眺めていく。

微笑みを湛え、会話を聞いているふりをしながら、男たちの縁取りを探り出すたまきの動きが止まったのは——植田を見たときだった。

「……っ」

はっと息を呑んだ。

植田というのは最初にたまきの視線を惹きつけた、顔に傷のある男である。

——どうしよう。植田さんには陰りが見える。

四名の男たちの輪郭は、細かったり、薄かったりする者もいるが途切れてはいなかった。

けれど、植田という男の輪郭は途中で虫食いにあったかのような穴があいているのだ。

本来ならばとても美しい桜色をしているはずの光はあちこちがほころびかけて黒くすすけている。

隣に座る馨がたまきの視線の行き先と、その先に座る男——植田の顔を一瞥した。

「植田くん、きみのことだけは俺が指名して佐久間くんに頼んで呼び寄せたんだ。長旅をさせて悪かったね。疲れただろう」

馨が植田に話しかける。

たまきが顔色を変えたのを馨はあきらかに察知している。

だって馨にも、きっと植田の死の気配は〝見〟えているはず。

——死が近いと言われて嬉しい人なんていない。

告げたくない。見なかったことにしたい。ぎゅっと目を閉じて見なかったことにしてしまいたい。

せめて死を遠ざける方法を伝えられるなら、まだしも。

なんで自分はこんなものを〝見〟てしまえるのか。異能の力を持たされるのなら、馨のように未来を予知し、先へ進むための心構えや忠告を語れる能力が欲しかった。

たまきのこれは禍々しく不幸な力だ。

誰をも幸福にしない自分は悪しき者だ。

それまでも緊張して食事を味わう余裕がなかったが、そもそもの食欲が失せてしまう。

無言でうつむいたたまきとは別に、馨はみんなを見渡して会話を続ける。

——だんな様は、強いお人だわ。

たまきとは、違う。

「え……いえ、そんなことは。呼んでいただけて光栄でした。ありがとうございます」

植田が慌てたように首を振る。

佐久間が不思議そうに馨に聞いた。

「そういえばどうして植田を呼べと言ったんだい」

「きみが毎年送ってくれる炭鉱夫たちの名簿を見て、顔を見たいと思ってね。――ところで、佐久間くん、きみの腕時計は実に、いいねえ。懐中時計はよく見るが、腕時計なんて珍しい」

名簿の名前で、顔を見たいと思ったから――普通なら納得できない理由だろうが、なにせ馨は〝継ぎもの〟の力を持っている。なにかしら不可思議な力が働いてそうなったのだろうと思ったのか、佐久間はそれ以上深く追及はしなかった。

「舶来品だ。國内ではまだこれを作る技術がないと聞いているぜ。金は積んだが、珍しい逸品だからね」

佐久間が得意げに腕にはめていた時計を掲げて、見せる。

「國内にも技術はあるさ。ただどうしたって高価なものになってしまう。庶民が買える値段じゃあないから、まだしばらくは市場に出回るのに時間はかかりそうだが――俺は、懐中時計より腕時計のほうがずっと便利だと思うんだ。ちょっとしたときに、こう、腕をちらっと見れば時間がわかる。だからもっと安価に出まわるようになると思うんだけどね」

馨は山崎のときのように、聞く者を試すような言い方で話を続ける。聞く人によってい かようにでも受け取れるよう、酒と共に喋る戯れ言だと思うのか、それとも……。

「庶民になんて、普及しやしないよ。馨さんに未来のことで異を唱えるのは申し訳ないが、そこは、無理筋だと思うね。華族の馨さんには、社会や経済のことなど、興味もないし、わからないのかもしれないが」

佐久間が言った。

馨を相手にこんなふうに上から物申す人を、馨の言葉をこんなにも軽んじる言い方をする人をたまきは、桐小路に嫁いで以来、はじめて見た。

思わず馨の様子を窺う。

「ふうん。まあ、俺はたしかに華族だが——きみは華族の人間は社会や経済に興味がないと思うのかい？」

「気を悪くしたなら、謝るよ。もちろん興味も知識もあるのだろうとは、思っているよ。宮様たちだって、庶民のことや政治や國の行く末を憂いたり、言祝いだりしてくださっているだろう？ でも、華族となると、つまり、そっち側だ。なんていうのか——たとえば商人とか、それから俺みたいな炭鉱主なんかとは別の次元だろう？ どっちが上かという と、もちろん馨さんのほうが上だ」

「上も下もあるものか」

「あるだろう。ノブレス・オブリージュだ」

ノブレス・オブリージュ――高貴さは義務を要求する。

「なるほどね。貴族たるものは社会の規範たるべき義務を負うという、あれだ。しかし高貴である者は矜持があるからこそ、社会や経済に関心を持つよ」

「だから、そこだよ。関心の持ち方が、違うんだ。俺たちは金儲けのために考える。きみたちは社会のために考える。腕時計が庶民のためのものになれば庶民が暮らしやすいだろうと考えるのと――それは経済的に無理だろうし採算がとれないぜって思う俺との差だ」

「採算？　いつもいつも感心するくらい、佐久間くんが考えているのは、金儲けのことだけだね」

「食べていかねばならないからね。別に贅沢したいわけじゃない。こうやって――従業員たちをたくさん養っているんだ。うちが稼ぎ続けないと、彼らも、彼らの家族たちも困る。そうだろう？」

見回す佐久間に、男たちが「はい」と、一斉にうなずいた。

「佐久間くんだって特権を持っている側だ。ノブレス・オブリージュ。高額所得者だろう？」

「――残念ながら、成り上がりだ」

「金のことばかり気にかけているのに、金があればあるで身分を気にするのか。成り上が

りだっていいじゃないか。努力した結果なんだから」

「努力したが、本気で欲しいと思ったものはいつも俺の手をすり抜けていく」

そう言った佐久間が、ちらりと滋子を見た。舐めるような視線だった。滋子はつんと顎を上げワインに口をつける。上品な猫みたいにそっぽを向く仕草が、逆に、相手への媚びを強く感じさせた。

けれど馨が、

「そんなのは誰でもそうだ。俺だって手に入れられないものがある」

と言ったせいで、佐久間は滋子ではなく馨へと視線を向ける。

「馨さんに手に入らないものなんて、あるのかい？」

「あるよ」

馨が微笑んでうなずいた。

「それは、いったいなんだい」

「教えない。さて、時計の話に戻ろう。懐中時計は、懐から出して、蓋を開けて——と、手間だからねえ。忙しいときや手があいていないときはその動作すら惜しい。そうだろう、たまき？」

突然、話を振られ、たまきは一瞬考えてから「はい」とうなずいた。

「たまきは、時計のないような場所で、時間が知りたいこともこれからたくさん起こり得

るとは思わないかい？」

「どう……でしょう？」

困って首を傾げると、馨は今度はその場の男たちの顔を見まわして聞いた。

「じゃあ、紳士諸君に聞くことにしよう。たとえば炭坑のなかだと時計というのは必要かい？」

「炭坑のなかだと」

佐久間が声を大きくしたが、馨が片手を上げて制止した。

「佐久間くんは、少しだけだまってってくれないか。植田くん、きみの話を聞きたい」

植田の縁取りが切れているということを、たまきは知っている。だからこそ、馨が植田を名指しして話を聞こうとしているのだろうと、それだけは見当がついた。

しかし他の皆は、いぶかしげな顔をして、馨と植田とを見比べている。

植田はしばしためらってから、おずおずと語りだした。

「あの……桐小路には代々、継ぎものの力……というものがあるのだと聞いています」

佐久間がぎょっとした顔になる。馨は片眉だけを器用に跳ね上げた。

「それは不思議な力で、未来を読み、人の行き先や失せ物の在処も探り当てると聞いています。あなたはときどき気まぐれに庶民にもその力を施すことがあるという噂です。それは本当ですか？　もしかして僕を呼んだのはその力ゆえなんでしょうか」

馨は愛想よくうなずき、佐久間に対するものとは違った口調で話しかける。

「誰に聞いたかは知らないが、俺が気まぐれに庶民にも継ぎものの力を使うのは真実だ。それに――困ったことに、俺は、きみを〝見〟てしまった。そもそも、俺は最初から、きみの中身を知っている。別に力を使う必要なんてないんだ」

「ぼくの中身を……？」

「まあ俺じゃなくても記憶力がそこそこにあって目端が利く人間なら、きみの中身には気がつくと思うけれどね。きみとは明日もう一度あらためて話をしたい。しなくちゃならない。僕のほうもきみを捜していたからね。明日の朝刊を見てから、これからのことを話し合おう」

「馨さん、植田を捜していたってどういうことだい」

佐久間が眉を顰めて馨に聞いた。

「捜していたっていうのは、そのままの意味だ。ところで佐久間くん、きみのほうはね、もう潮時だ」

なにを――とは、誰も聞かない。

話が飛びすぎて、誰も馨についていけていないのだった。

「桐小路は、今日を限りに佐久間くんの未来を〝継〟ぐのをやめるよ」

途端、佐久間の顔に緊張が走り抜けた。

「なにを言うんだい。馨さん……!?」

「毎年の験担ぎなのは知っている。だから、俺は、提案も忠告もそれなりにしてきたつもりだ。だがね、俺は、先代のときにはきみの性根に嫌気がさしていたんだ。俺は毎年、きみのために時代を読んだが、きみはまともに聞いてくれやしない。腕時計についてすら」

「腕時計……腕時計が流通しないと言ったことがそんなに悪いことなのかい」

「悪くない。でも、自分に都合のいい受け取り方しかしない相手に、なにかを告げるのはむなしいよ。だからここからは継ぎものではない、なんの力も使わない俺のひとりごとだ。なにも〝見〟ないできみに好きなことを告げる」

わがままな子どもみたいな言い方だった。しかし馨が物憂げにしてそう言うと、神秘的な神託に聞こえてしまうのである。

佐久間は呆然として馨を見ている。

「――佐久間くんについては、来年は特に困るようなこともなく、安泰だ。そう、少なくとも来年は大丈夫だと思うね。他のみんなについては……ああ……たまき、きみが、俺の妻として、彼らに〝見〟たものを教えてあげてくれないか。なに、あてずっぽうでもかまわない。間違っていたら俺が訂正をするから」

みんなが固唾を呑んで見守っている。

しんとしたなか、視線がたまきに集まった。

意を決して、たまきは自分に見えたままを言う。

あとのことは、馨がどうにかまとめてくれるのだろうから。

「久保さんは、ちょっとだけお疲れかもしれません」

「うん、目の下にくまがあるね。たくさん寝るといい。寝不足ならうちの主治医が薬を少し出すから、それをもらって帰るといい」

「横津さんはとてもお元気でいらっしゃる。つつがなくお過ごしになられるかと思います」

「よかったじゃないか、横津くん」

「森さんと結城さんは、お若いというのもあって健康的で——まばゆいくらいです。側にいるだけでわたしも元気になれそうな気がします」

「羨ましい」

馨が両手を軽く叩いて拍手した。

——植田さんは……。

どう言えばいいかと戸惑って口ごもっていたら、馨が先に植田について言及する。

「さて、植田くんについてだけは、さっきも伝えた通りに、明日、俺が言おう。だいたい、きみにはうち以外に行くべきところが別にあるんだろう?」

たまきが思ってもいなかったことを馨が言いだす。

佐久間が「そうなのか。植田？」と険しい顔になった。

植田は観念したように殊勝な顔になり、居住まいを正し「はい」とうなずく。

「きみは炭鉱暮らしをやめるべきだ」

「……はい」

「馨さん、ちゃんと説明してくれ‼」

「佐久間くん、いまは、俺が植田くんと話している。邪魔をしないでもらえるか？　黙っていられないなら外に出ていってもらおう」

「馨さん、いったいどういうことなんだ？　さっきからなにを言ってるんだ？」

佐久間が大声で怒鳴った。馨は冷たい目で佐久間を見返した。

「なにをって……真実を」

「真実ってのは」

「植田くんは炭鉱をやめる。そしてそれを見逃してもらいたい。それでこれにて会食は終了だ」

「いくら馨さんだとしても、聞き捨てならない。見逃せっていったいなんなんだ？　植田はうちの従業員なんだ。そして俺はきちんと相応の金銭を積んで、毎年、ここに来ているんだ。それともそれが今年のあんたのお告げってことかい？　だったらわかるように言ってくれ。あんな若い、どこにでもいる奥さんと時計の話をして、それで終わりなんて納得

できない」

　佐久間が太い指で、たまきを指さす。

「仕事……か」

　ひどくつまらなそうな顔になり、馨が言い放つ。

「先代はまだしも、俺の代ではきみとの会食は仕事じゃなかった。善意の施しだ」

「だが、金を……」

「こちらから金を寄越せと言ったことは一度としてない。俺は自分の会社の稼ぎで充分にやっていけている。桐小路は、きみのお布施に頼らないとならないような、安い神様だったことなど、一度としてなかったはずだ」

　佐久間の、握り締めた拳に怒りが滲んでいる。唇がわなわなと震え、つり上がった目が赤く充血していた。

「その、拳」

　馨は佐久間の拳を一瞥し、笑う。

「きみが、抵抗ができない相手には暴力をふるっているというのも、知っている。もうずいぶん昔からそうだったのは調べがついているよ。俺はそういうのが大嫌いなんだ。しかも暴力の相手を選んでいるのが、最悪だ。誰彼かまわず暴力をふるうほうがまだ納得できる」

「調べたってどういうことだ」

「そのままの意味だ。調べたんだよ。いいかい、そろそろ時代が変わるんだ。我が身でそれを感じ取れないようなら、きみは経営者としては鼻が利かないにもほどがあるよ。時代の変わり目に、俺は古いつき合いを捨てようと思っている。桐小路侯爵家はもうずっと、そうやって、時期を見てきたから生き残ってこられたんだ。そのうえで——佐久間くんとは縁切りをしようと決めた」

「……馨っ⁉」

滋子が思わずというようにつぶやいた。

滋子の顔は青ざめている。唇を震わせ、馨を見て——そして佐久間を見た。

「姉様がどう思おうが、なにを言おうが、俺は俺の好きにさせてもらうよ。金かねうるさい佐久間くんからもらった金銭はすべて手つかずで置いてあるから、全額返そう。なんなら手切れ金を上乗せしてもいい。金の亡者たる佐久間くんへの施しだ。溝口——用意していたものを持ってきてくれ」

部屋の片隅に控えていた溝口が「はい」と返事をして部屋を出ていったのと同時に、佐久間が大股で馨に近づいた。

「黙って聞いていればいい気になりやがって‼」

佐久間の罵声が響く。年かさの男が身を小さく屈ませた。若いふたりが立ち上がり「佐

久間さんっ」と佐久間を止めようとする。

「社員の前で面子つぶされて、黙ってられるか。離せっ」

力仕事をなりわいとする男たちに制止され、佐久間が暴れる。佐久間に遠慮しているのか、人数が多いのに、男たちのほうが分が悪い。

佐久間を止めるために目配せし合う男たちの様子には諦めが滲んでいて、これが佐久間の日常なのだと窺い知れた。

白いテーブルクロスが捲れ、食器が床に落ちて砕けた。

滋子はもうなにも言わない。ただ、じっと佐久間を凝視していた。わずかに唇を開き、小さな吐息を漏らす。そして観念したかのように目を閉じる。

「うん。離すといい。どちらにしろこのままだと、きみたちは社長の無様な様子を見たせいで口止めの解雇だ。だがね——炭鉱という生業そのものが、切りどきだ。燃料が石炭しかない時代が続けばしばらくは、掘れば掘るだけ金になるだろう。でもそんな時代は長くない。再来年以降はどうなっていくか、わからないね。だいいち新しい燃料が出てきたじゃないか」

馨が言った。

「おまえ……」

佐久間の声が詰まった。怒りではなく、畏れに似た感情が佐久間の顔につかの間、過る。

「それは――それが今年のおまえの〝継ぎもの〟の宣告か――？」

「違うな。これはたんなる未来予測だ。きみごときに桐小路の力を使う必要などない。実際、俺はきみ相手に異能の力を使ったことなんて一度もないよ。いつも頭だけで考えて、応じてきた。それで充分だったろう？　何度も忠告をしたのに耳を傾けなかったのはきみだ。あと十年はきみの稼業は続かない。己の行き先はその頭で考えるべきだ」

馨は言うだけ言ったあと、佐久間を見ることもなく、植田に向かって「きみはこちらに」と声をかける。

「お……まえ……は。どこまで俺を馬鹿にするっ」

途端、佐久間が殺気立って、テーブルを乗り越えて馨に殴りかかった。今度は男たちも間に合わない。

「だんな様っ」

たまきは咄嗟に馨と佐久間のあいだに入り込もうとした。考える暇なんてない。勝手に身体が動いた。馨の一番近くにいるのが、たまきだったというそれだけだ。

が――。

馨が、たまきの手を取って、たまきごと身体を横にずらす。佐久間の拳は空振りし、たまきの耳の横を素通りする。素早く反転した馨は、たまきを「危ないからどいていなさい」と下がらせた。盾にすらならないようだ。

——そういえば、だんな様は寝室の枕の下に守り刀を置いているような人だった。

たまきごときが手助けせずとも、自分の身は自分で守れる人なのだ。

馨はそのまま、勢いづいて前のめりになった佐久間の片手を捉え、背中に回し、捻（ひね）り上げた。

佐久間の捻った腕をさらに上へと引き上げると、佐久間が「ぐぅ」と低く唸（うな）る。

「……やめろ。腕が……腕が折れる」

苦悶の表情を浮かべ、身体をのけぞらせる佐久間に馨が薄笑いを浮かべる。

そんな表情の馨をたまきははじめて見たのだけれど——魔物のようにあやしく、綺麗な笑顔であった。

「知っている。これは、手加減を間違えると腕が折れる体勢で、やられるほうはとても痛い。きみ、華族は腕が立たないものだと決めつけないほうがいい。そうじゃない者もいる。……ところで故郷の新妻は大事にしたまえ。彼女の実家は名だけで実はないと見下してはいけないよ。彼女は悪運に強い。情にも厚い。本当に困ったときにきみの側にいてくれるのは、ああいう人だ。きみはまだしばらく死なずに生き続けるし、なに、俺がいなくても地道に努力をしていけばどうとでも生き延びられるさ」

「わ……わかった。わかったから、手を」

と——。

溝口が大きな鞄を抱えて戻ってきた。

溝口は室内の惨状を見ても顔色ひとつ変えずに「だんな様、お命じのものを持ってまいりました」と、馨の次の指示を待つ。

「そこに置いて中身を見せてあげてくれ」

「はい」

鞄をテーブルの上に置く。ファスナーを開けてなかを見せる。札束がぎっしりと詰まっている。

馨がやっと手を離し、佐久間の背中をとんっと押した。崩れるように膝をついた佐久間の巨軀に向けて、

「これで本当に縁切りだ。清々した」

馨が朗らかな笑顔でそう言い放った。

「植田くんだけはここに残って。溝口、植田くんを客室に」

馨が言う。植田は驚いた顔で、溝口に誘われ部屋をあとにする。

その後、佐久間は男たちにかばわれ、鞄を持ってすごすごと部屋を出た。立ち去る佐久間に、滋子は声をかけなかった。

なにか言いたげに振り返った佐久間の視線を避け、滋子は馨を睨みつけていた。

男たちが皆去っていって——。

テーブルの上にくしゃりとナプキンを載せ、滋子がつぶやく。

「馨はそういうところが最低の男ね。桐小路侯爵家の当主に悪しざまに言われて本気で殴り返せる男がいまの世にどれだけいるっていうのよ」

「うん。そうだね」

「……わたし、貧しい男とはつき合えない。それに暴力をふるう人とも」

「わかっているよ、姉様」

「わかってないわ、なにひとつわかってないのよ。馨。……現実味の欠片もない、ぼんやりとした夢まぼろしみたいな恋のために、わたしはあの人の欠点を見ないことにしていたの。それを馨、あなたはまざまざとわたしに、あの男の嫌な部分や卑小さを見せつけたわね？　だから〝いま〟わたしの恋が終わったわ。大事に抱えていたわたしの恋が。あなたのせいよ。なにもかも」

馨はなにも答えなかった。

「姉様」

「なによ？」

「あなたはとても賢い女だ。他の〝生きがい〟がきっとすぐに見つかるさ」

「もうちゃんと見つけているわよ。ご愁傷様。それに、そういう賢しらな言葉、あなたにだけは言われたくない」

滋子が席を立ち上がり部屋を出ていく。

どこか寂しげな顔で馨は滋子の背中を見送っていた。


食事を終えたあとでたまきは馨の書斎に呼び出された。

命じられて、馨の好みのお茶を用意し、入室する。馨はいつものように書類を捲りながら、たまきを部屋に迎え入れる。

たまきは机の上の書類の邪魔にならない場所に茶碗を置いた。

「会食に同席してくれたことに感謝する。ありがとう」

「いえ」

馨が「いただくよ」と茶碗に口をつける。

このあとでなにを問われるかは、うすうす、わかっていた。

「佐久間は安泰と、きみはそう〝見〟ていたが――あの場にいる他の男たち全員に明るい未来があるというわけではなかったね。誰がどう〝見〟えたかを俺に教えてくれるかい」

問いかけながらも、馨はすでにたまきの返答をわかっているはずである。

食事会では、馨の優しさによってうまくくるんだ「安泰ではない」未来の姿も告げていた。多数の人がいる場で語っていいのは、あのくらいまでなのだろう。この人は生き、こ

の人は死ぬ運命だなどと、名指しで告げられるものではない。

「はい」

たまきは馨の前に立ち、自分が〝見〟たことを訥々と告げる。

これは馨とたまきの、答え合わせだ。

植田だけが陰りを帯びていたこと。その他の男たちはそれぞれに健やかだったこと。たまきに言えるのはそれだけで、なにをしたらいいのかはまったくわからないこと。

「だんな様でしたら……植田様のことを助けられるのでしょうか」

そうであったらいいと願いながら、たまきは尋ねる。

「俺には無理だ。すまない」

馨が小声でそう言った。悔しそうで、つらそうな言い方だった。

「たまき、俺は神ではないんだ。人でしかないんだよ。だから……」

謝罪をさせてしまったことが申し訳なくて、たまきはお盆を胸元に抱えたまま慌ててぴょこりと頭を下げる。

「ごめんなさい。おかしなことを言いました」

胸の内側がしくしくと痛む。

――だんな様に悲しいお顔をさせてしまったわ。

「おかしくはないよ。きみはずっと他人の死を間近で〝見〟て過ごしていた。つらい運命

を断ち切ることのできる力があればと願うのは、自然なことだ。その力を抱えて生きていくのは、苦しかったろう。きみは優しいから」

きみは優しいからと、誰よりも優しいとたまきが信じたい人にそう言われて。

「そ……んなこと」

「たまき、顔を上げなさい」

「……はい」

息を吸って、吐いて、視線を上げた。

馨がたまきをじっと見つめている。

「きみこそが、強い人だよ。ひとりで背負うには大きすぎる力だったろうに、ずっとがんばってきたんだね」

「いえ……あの、そんなことは」

口に出さずにひとりきりで抱えていた秘密と、疎ましさと、自己嫌悪や憐憫のすべてをすくい上げる言葉を労るまなざしと共に手渡された。

渡された言葉はあたたかく、本気でそう言ってくれているのが伝わったから、たまきの鼻の奥がつんと痛くなる。

たまきはもうずっと、誰かに理解されたかったのかもしれないと、ふと思う。

がんばってきたねと労られたかったのかもしれない。

「わたしは優しくなんてないです。お優しいのはだんな様です。それに、だんな様はお強い方だわ。ノブレス・オブリージュです。高貴な人でいらっしゃる」

言葉がするりと口をついて出た。

たまきはずっと自分の力から逃げてきた。

見ないようにして自分の異能を否定して過ごすばかりだった。

でも馨は己の力をまっすぐに認め、対峙したうえで、力を他者のために使おうとしている。活かそうとして生きている。力を使って、人助けをしている。

「きみには俺がそう見えるのだね」

考え込むようなそんな言い方だった。

いつも強い馨がつかの間見せたためらいのようなものが、たまきの心の底にすとんと沈んでいく。

「はい」

馨は机の上の茶碗を手に取って口をつける。

喉を潤し、唇と舌を湿らせてから、たまきを見返した。

「ありがとう、たまき。俺は、常に強くあろうと心に決めて過ごしている。そうでありたいと願っているんだ。俺は俺にできることをするよ。植田くんの未来のために」

馨にだったらなんでもできるだろうと、たまきは思う。

「ところで、たまき」

「はい」

「きみは写真からは〝見〟ることはできるのかな」

「写真……ですか。ちゃんとやってみようと試したことないのですが、おそらく無理かと思います。なにかを〝見〟たことはないです」

「では試してみよう。これを」

馨は机の引き出しから一葉の写真を取り出す。

そこに写っているのはひとりの美しい女性だ。まだ若い。振り袖姿でこちらに挑むようにして睨みつけている。

「これは……七辻宮雪子様でいらっしゃいますね」

新聞に掲載されていたのを見た記憶が蘇る。自分とは一歳違いで、異国に嫁ぐ予定のある宮様だ。

「ああ、そうだ。アオ様の従姉妹でいらっしゃる。なにか〝見〟えるかな」

やっぱりアオ様は宮家の人だったのだ。

たまきは目をすがめてじっと写真を見つめる。なにも〝見〟えない。

「いえ。見えません」

「そうか……写真では無理か」

る。
馨が肩を落とした。期待されていた働きができなかったようだと申し訳ない気持ちにな
それにしても、とたまきは写真を食い入るように見つめる。カフェ黒猫で見た女性は七辻宮雪子様にそっくりだった。

桃色の華やかな縁取りの光を帯びた美しく若い女性は、断髪をしてモガのスタイルで煙草を咥えていて、絶対に宮家の令嬢ではないはずなのだけれど。

「たまき、いま、なにを考えているのかな。やっぱりきみには写真からでもなにかが〝見〟えてるんじゃないのかい」

「え」

「人の視線というのは思考に合わせて特定の方向に向かって泳ぐものなんだ。きみはいま、この写真からたしかになにかを読み取ろうとした。そしてなにかを思い返そうとしていた。そういう表情をしていたよ。隠し事はなしだ。話してくれたまえ」

さすが馨にはなにからなにまでお見通しなのかと舌を巻く。

「たいしたことではないのです。ただ、そっくりな女性を見かけたので思い出していただけです。でも絶対に違う人のはずです。だって断髪してパーマネントをかけて、洋装のモガの女性でしたし」

「どこで見かけた」

たまきの言葉を最後まで待たず、馨が食いつくように尋ねてきた。

「あの……それは」

どこで見かけたかを語ると、どうしてそんな場所に行ったかを告げなくてはならなくなる。桐小路の妻であるのにあんなあやしい場所に出入りしていたと告白するのはためらわれる。自分のこともだが、呼び出したのは滋子なのだ。

「即答できないような場所なんだね。さて、だとするとどこだろう。きみが自分からおかしな場所に出向くはずはないし、そもそも自由な外出をする時間などないような働きぶりだ」

馨は顎に片手を当て考え込んで、続ける。

「じゃあ誰かに呼び出されたのだろう。誰からだろうな」

「………」

「誰でもいいが、見知らぬ相手からの呼び出しがあればうちで働いている皆が噂をするし、俺にご注進にくるものだ。それに溝口は、見知らぬ誰かがきみに連絡をとることを許さないだろう」

「溝口さんが」

「溝口の目は屋敷のなかでは絶対なんだ。それに、きみが、常にない相手と連絡をとり合っていたら、タミあたりが探りを入れてあることないこと語りだすはずだ。だとすると相

手は滋子姉様あたりかな。滋子姉様なら、好きなときにきみを呼び出せるし、きみも素直に外に出向くだろう」

たまきは目を瞬かせて馨を見返す。なにからなにまで当たっているから、口を挟む隙がない。

嘘やごまかしはきっと馨が見抜いてしまう。

「そういえばきみは滋子姉様の手紙を持っていたね。やっぱり呼び出した相手は滋子姉様だ。だとすると――たまきが七辻宮雪子様に似た女性を見かけた場所はカフェ黒猫かな」

「……どうして」

わかってしまうのか。

呆気にとられて馨を見返した。

「俺は目配りを欠かさない男で、人の顔色を読み取るのが巧みだからさ」

真顔で答えられ、それはそうだろうとうなずいた。

馨の力は、たまきの隠そうとしたすべてを暴いていく。

「それに滋子姉様は生粋のお嬢様だからね。使う店が限られているのさ。普通の場所ならばたまきはためらわずに教えてくれたはずだ。だとすると滋子姉様が出入りするなかで普通じゃない場所になる」

馨は当たり前のことのようにして軽やかにそう応じる。

「カフェ黒猫は姉がいくらか出資して知り合いに開かせた店なんだ。それ自体は別に問題はない。一応は慈善事業ということになっている。仕事のない女性たちに慈善的に資金を渡した結果があの店になってしまったのは、姉様のせいじゃない。あまり外聞のいい店ではないからさっさと手を引けと忠告はしたんだが……姉様は俺の忠告には反発すると決めて生きている人だから」

だがなあ、カフェ黒猫か、と馨が腕を組んだ。

「調べようとしなかった場所だな。こういうのは灯台もと暗しというのかな。まさかこの件に姉様が関わっているなんて思いもよらなかった。ああ、だけど……そういえば姉様は文芸サロンによく出入りしていたね」

そこが接点か、と馨がつぶやいた。

「口を挟む機会なんて、あの姉ならばいくらでもあったんだ」

そして、馨は苦笑して告げる。

「だから植田は筑豊にいたのか。佐久間はそれを知らないとしても、姉様が手配を……ということは」

なにを言っているのかたまきにはさっぱりわからない。

馨の頭のまわりの早さにたまきはついていけないし、馨の知っていることをたまきは知らなすぎるので。

困り果てて耳を傾けているたまきに気づいたのか、馨は「悪い。たまき。きみのことを置いてきぼりにしてひとり語りをしてしまったね」と謝罪する。

「もう少しだけきみの力を借りていいかな」

「はい。わたしにできることであれば」

「きみの見たカフェ黒猫での雪子様と植田の光の色は同じだったかい」

「え」

驚いた。そんなことは考えもしなかった。

けれど、言われてみればふたりの光はそれぞれに似たように優しい桜色であった。植田は欠けていて、雪子様は完璧で光り輝いたものだったのだけれど。

「同じ……色でした。優しくて綺麗な桜色です」

「なるほど。きみのおかげですべての道筋がすっきりと見通せた気がするよ。ありがとう、たまき」

晴れやかな顔で馨にそう言われ、たまきは狼狽える。

「わたしはなにもしておりません。道筋がすっきりと見通せたのだとしたら、それはだんな様のお力ゆえだと思います」

「きみがいなければなにひとつひらめきもしなかった。だからきみが俺に内緒でカフェ黒猫に出向いたことにはなにも言わずに済ませておこう。あそこは決まった相手がいる人間

が、その相手以外とひとりきりで行くような場所ではないのはわかったね？　あそこに限らず、これからはカフェに行くことがあるなら、俺を連れていくと約束してくれ」

「……いえ、二度と行きませんので大丈夫です。だんな様のお手をわずらわせるような外出はもう金輪際しませんのでお気になさらずに。本当にごめんなさい」

ぶんぶんと首を左右に振ったり、謝罪で頭をぴょこんと下げたりとひとしきり慌てるたまきに「大丈夫ってなにが大丈夫なんだい。ふたりでどこかに出かけるくらいのことは夫婦なんだものしてもいいじゃないか」と馨が笑った。

「ところで桐小路は、武蔵野にも別邸を持っているのは知っているかい」

「いいえ。存じておりません」

「そこで週末を過ごそう」

「え？」

「溝口に手配を頼むことにする。あとで溝口に詳しいことを聞くといい」

もちろんたまきには拒否権などない。

たまきが聞くよりも先に馨が「信夫くんも連れていくから安心するといい」と柔らかく告げた。

「信夫も……ですか」

「たまきはまだ武蔵野に行ったことがないから、ちょうどいいと思ってね。伊豆の別荘と

違って武蔵野は来客用の別邸だ。地方から誰かが桐小路を訪れるときに、そこに泊まってもらっている」

「はい」

「今回は溝口も同行するし、信夫くんだけを置いていくとたまきも心配だろう」

「はい」

「信夫くんも疲れが見えてくる頃合いだ。場所を変えると、気持ちも切り替わる。日々の努力を重ねていくには、適度な休息も必要だ。自分ではさぼらない彼のために、こちらから休暇を提案してあげなくてはと思うんだ」

たしかに信夫はこのあいだ熱を出して寝込んだばかりである。

根を詰めて学んでいる信夫に、休息をうながすことも大切だ。

「そうですね。ありがとうございます」

「武蔵野は人手が少ないが、屋敷自体がここより小さいから、たまきの仕事が増えるようなこともない。たまきも少し息抜きができるといいが……」

「いえ、わたしはもう充分休んでおりますから。むしろもっと学ばないといつまで経っても追いつけません」

真面目に告げると馨が「たまきはいつも前向きで、たのもしいことを言ってくれる奥方だ」とにこりと笑った。

かなわないと、たまきは思った。

馨はなんでもお見通しで、なんでもできる。

高貴さゆえに己の力を巧みに使うことのできる人だ。

蠱毒という怖ろしい修羅の宿命を背負った家に生まれながら、彼はずっと戦ってきたのだと思う。どれだけつらいことだったろう。幼いときから自分の命を守り、身近な人たちを敵だと疑うような暮らしをして、実の姉とも本当の意味で仲むつまじくなることもできないままで——それでも彼はこんなに優しい。

背負う力の重みにも負けずいつでも凛として立ち、周囲に善意の手を差し出すことのできる人だ。

異能を呪いでしかないと思って恨んで、いじけて育ってしまった自分とは違う。

彼は己の異能を高潔な手腕で呪詛ではなく祝福の力へと昇華して、人を助けていくのだろう。

ずっと考えあぐねていたことの解決策が自然とたまきの心に浮かび上がる。

馨の手助けをしながら、信夫を守りたい。

そのふたつが両立できる結論を、たまきは見つけ出す。

——わたしひとりの命だったらどうでもいいわ。

「だんな様にお伝えしたいことがあります」

もし馨に「力をくれ」と言われたら「どうぞ、だんな様の好きにお使いください」と我が身を差し出せる。馨はそれだけのものをたまきにくれた。

――信夫のことをわたしがいなくなったあとも大事にしてくださるのなら、なんの迷いもないわ。だんな様だったらちゃんと約束を守ってくださるに違いないもの。

「うん。なんだい」

「滋子様にお手紙をいただいてお話を伺ったときからずっと考えておりました。わたしはどうするべきなのか……。だんな様はわたしよりもっとすごいお力をお持ちなのに、わたしとはなにもかもが違います」

「なにが違うときみは言うんだい」

「たぶん覚悟が違うのです。心構えが違うのです。魂の美しさが違うのです。心の強さが違うのです」

「たいそうなことを言いだすね」

小さく笑う馨をまっすぐに見返す。

「だからわたしはだんな様にならなにをされてもいいと覚悟を決めました。わたしのすべてを捧げます。信夫のことだけはくれぐれもよろしくお願いいたします。他はもうなにもいらないのでわたしのことは、お好きなときに、お好きなようにお使いください」

自分の命も差し出すと決める。

死ねと言われたら、死んでみせよう。

蠱毒でたまきの力を得た馨は、さらに強くなった力を周囲の人たちのために使うのだろう。ノブリス・オブリージュ。桐小路馨はそういう人だ。

口に出したら、奇妙なくらいすっきりと晴れやかな気持ちになった。

もとより生きていくことの喜びを見いだせないままだらだらと信夫のためだけに生きてきた我が身である。捧げられるなら、なによりだ。使い道を作ってくれるなら、幸せだ。

「たまき、それはどういう意味だい」

そのままの意味だ。

馨にはこれだけで伝わるだろうと、たまきは精一杯の笑顔を浮かべた。

うまく笑えたかはわからなかったが、馨が「そうか。わかった」とうなずいた。

「俺の努力はまだまだ不足しているようだ」

長く嘆息する馨にたまきは眉根を顰める。

なんの努力が不足しているというのだろう。たまきはおかしなことをまた言ってしまったのだろうか。

「そんなことはないです。だんな様は充分に……」

「ありがとう。慰めの言葉はもういい。下がりなさい」

馨に厳しい声でそう告げられ、たまきはうなだれて退室するしかなかったのである。

翌日の朝である。

たまきは馨の朝食をあらかた準備し整えたあと、新聞のアイロンかけをはじめた。昨日がどんな一日であろうと、朝日がのぼれば新しい日常がはじまるのだ。

いつも通りに溝口に見守られ、いつもと同じ仕事をする。

難しいことはよくわからない。それでも新聞の活字を辿っていく。

捲っていくと、とある記事の見出しがたまきの目に飛び込んできた。

新聞に掲載するには少しばかり俗物的な内容で、そしてたまきの心をなぜだか騒がせるものだった。

——七辻宮雪子様？

見出しに大きく記されたその名前。

以前見たのは、婚約をしたという幸せな記事。

けれど今朝の記事は、その七辻宮雪子様のスキャンダルである。

新聞に載せるには少しゴシップ色の強い記事だ。七辻宮雪子様には暗い過去があるのだというのをすっぱぬいた内容であった。

彼女は身分違いの恋を反対され、それでも恋人と共に生きていこうとした矢先、その恋

人に逃げられてしまう。

「道ならぬ恋の相手はお抱えの運転手、上田秀一……。この上田という男、いざというときになって怖じ気づき駆け落ちの待ち合わせ場所に現れなかったのだ。残された雪子様は哀れ、家族に家に連れ戻されて……」

家に連れ戻された彼女は、あれよあれよと言う間に乾國の皇子の婚約者となった。

しかし、結婚が決まった彼女は、自分らしく生きていこうと、家を出たのだ――と。

新聞記事なのに物語調にまとめられていて読みやすい。

悲恋の果てに頼りにした恋人に捨てられ、監禁されて、家を出る条件として異国の皇子のもとに嫁ぐことを進められ――雪子女王殿下はスキャンダルを皇族の力で揉み消され、身綺麗な女性のふりをして他國の皇子をもだます悪女になることを強いられて――。

『七辻宮雪子様はあろうことか皇族という責務を放棄して出奔した。が、それをはたして責められようか。むしろ過去を隠して嫁いだあとに乾國に彼女の秘密を暴かれてしまっては国際問題に発展しかねない。彼女はそれゆえに身ひとつで家を出たのかもしれぬ』

新聞の束をひとつにまとめ、たまきはひとり考え込む。

もしかしたら新宿で見たのは本物の七辻宮雪子様だったのではないだろうか。

手を止めて考え込んでいると、馨が起きてきた。

「おはよう、たまき」

「だんな様……おはようございます」

「うん」

眠そうな馨に新聞を渡す。

「今日は一紙だけ……七辻宮雪子様が出奔したと……」

たまきが言うと、馨が「ああ」とつぶやいた。一番上に載せた新聞を手に取って捲る。

該当の記事に視線を向け、

「無事に載ったんだな」

と言う。

――無事に？

「溝口。植田くんを呼んできてくれ。この記事を見せたい」

声をかけられて溝口が「はい」と応じ部屋を出た。

なんで植田にこの記事を見せたいのだろう。不思議に思いながらも、たまきは今度は馨の朝食の準備をする。厨房でお盆に朝食を載せ、戻ってくると、食堂で馨と植田が向き合って座っていた。

植田は恐縮しながら馨の前に座っている。

馨は開いた新聞を植田へと渡す。

先ほどたまきがアイロンをかけたばかりの新聞だ。

開いているのは七辻宮雪子様の記事である。

「悲恋の皇族のご令嬢だよ。七辻宮雪子様の出奔の記事だ。——七辻宮雪子様は銀座で女給をやって自活していると書いてあるが、それは間違いだ。いまのところとある場所で潜伏しているようだね。新宿のカフェ黒猫に行けば彼女の居場所がわかるだろう。俺は黒猫のオーナーと知り合いなんだ。連絡先をきみに教えることはできるが、どうする?」

なんということのない口調で馨が言う。

植田がぽかんと口を開いた。

「読みたまえよ。ウエダシュウイチくん」

——上田秀一?

「はい」

植田は——上田だったのか。言われてみれば、漢字は違うが読み方は同じだ。

——だから、雪子様と植田さんの縁取りの色をわたしにお聞きになったのね。

こんがらがった糸がするすると解けていくように、いろんな情報がひとつのまっすぐな線に変化していく。

おそるおそるというように植田が新聞の記事を読みはじめる。

「植田くん、時間というのはあっという間に過ぎていくもので、逆戻りはできない。腕時計はもしかしたら、きみこそがつけるべきなのかもしれないよ。時間の流れは無情だし、

ときは金なりだ。炭坑の奥で、ときの流れを無視して過ごしてきた無知な浦島太郎に俺が聞きたいのは、いますぐしかるべき相手に連絡をとって必要な場所に出向く覚悟があるかどうかだけだ」

そこまで言ってから馨はゆるく首を傾げ「筑豊が竜宮城だとはさすがに思ってはいないがね」とつけ足してにっこりと笑う。

優しげないつもの馨の笑顔だった。

「きみの未来を俺は〝継〟ごう。さて、どうやって俺の知る、きみのこの先を、告げようか。一回逃げての、いまがある。今日どう覚悟を決めるかで、きみの明日は変化する。どうする？」

「行きます。僕はその新宿のカフェに。連絡先を教えてください。お願いします」

植田は新聞を手に立ち上がり、馨に頭を下げたのだった。

六

週末の武蔵野である。

たまきは馨と共に自動車で武蔵野に辿りついた。

家の前で車を降り、黒く塗られた両開きの鉄の門扉を開くと、洋風にしつらえた薔薇園が見えた。

たいらにならした地面に敷きつめられた石畳が玄関まで続いている。

左右にある薔薇の木は見事なもので、盛りとなればさぞや美しく咲くのだろうが、いまの季節は寂しく枯れている。

――小さな屋敷だと聞いていたのに。

桐小路の本邸に比べればたしかに小さいが、それでもこの敷地で十家族くらいは余裕で暮らせる。

門扉も庭も石畳もそこから続く玄関、さらに玄関ポーチと、すべてが贅をつくした美しいものなので、たまきは気後れしながら馨の後ろをついていく。

手荷物はなにもない。馨のものも、たまきのものも、必要なものは先にすべて溝口が手配をして運び入れているのだと聞いている。

信夫と溝口はたまきたちよりひと足先に武蔵野に着いている。

玄関の扉を開けて出迎えてくれたのは溝口である。溝口の背後に立っているのは洋装にエプロン姿の三名の女性だ。おそらく武蔵野で勤めている仲働きたちだろう。さらにその隣に、仕立てのいい洋装姿の信夫が笑顔で立っていた。

高い天井に大理石の床。

夜になれば壁の洋燈が橙の光を床に零すのだろう。

溝口も仲働きの女性たちも革の靴を履いている。

「おかえりなさいませ、だんな様、奥様」

溝口の後ろで女性たちが一様に頭を下げた。

「うん。溝口、頼んだものの用意はできているかい」

馨が聞いた。

「はい」

一礼した溝口がさっと手を振ると、女性たちが一斉にわっと動いてたまきの手を取った。

「え……あの、え」

慌てるたまきの背中を馨がそっと押す。

「きみに似合うだろう服とアクセサリーを用意してある。靴もだ。着替えておいで」

傍らにいた信夫の笑みが顔一面にぱっと大きく広がっていった。

「姉ちゃ……じゃなくて、お姉様。さっきまで百貨店の外商の人が来て、馨様がお姉様にって選んだドレスや靴を置いていったんだ。とても綺麗なドレスにネックレスがたくさんある。きっとお姉様に似合うよ」

「わ……わたしに⁉」

おろおろしたまま、たまきは、女性たちと信夫に手を引かれ赤い絨毯の敷かれた階段をのぼり二階へと連れていかれたのであった。

その三十分後——。

たまきは馨が選んだという裾の長いドレスと踵の高い靴で、再び玄関ホールに立っていた。

髪はダイヤモンドのついた櫛で夜会巻にまとめられている。

耳飾りは雫の形の真珠と小粒のダイヤだ。

たっぷりと布を使ったドレスは華やかなオレンジ色で裾には淡い緑で花の刺繍がほどこされている。耳飾りとお揃いの真珠とダイヤのネックレスが胸元を飾る。

ドレスは背中の大きなリボンの下で切り替えられ、そこから下は幾重にもフリルが重なっている。

動くと裾のフリルがさざ波のように揺れた。

「あの……だんな様……これはいったいなんでしょう」

たまきの前には、馨がいる。

他には誰もいない。

もしかしたらドアの向こうには信夫や溝口がいて、たまきたちの様子を気にかけているのかもしれないけれど。

おそらくいつもなら花瓶が置かれているであろう場所には、蓄音機。

レコードから流れてくるのはワルツの楽曲である。

「なにって、ダンスの練習だよ。たまき」

「この靴でダンスなんて無理です……転んでしまいます」

「なにをされてもいいと覚悟を決めたと言っていたのに、そんな弱音を吐くなんて駄目だよ、たまき。さあ、手を取って」

——なにをされてもいいっていうのは、こういうことじゃあなかったのに。

馨がたまきの手を握り締め、軽く引く。

前に進むとカツカツと足音がする。

もっときびきび動きたいのに、慣れない踵の高い靴なせいで、どうしてもゆっくりした動きになってしまう。少しでも足を速めるとおかしな具合に膝ががくりと崩れてしまいそ

うで怖い。

「俺が支えている。転んでも受け止めてあげるから気にしなくていい。怪我はさせない」

「だんな様に怪我をさせてしまうかもしれないです」

「きみにそんな心配をされるほどやわな男ではないよ。それに、たまきは俺以外の男とは手をつなぎたくないと言ったじゃないか。あれは、俺とだったら喜んで手をつないでいいという意味だろう」

「え……あの……」

喜んでなんて言ってはいなかったはずだけれど。

「あれは嬉しい言葉だった。たまきの手に触れていいのは、俺だけなんだとわかったからね」

さあ、踊ろう。

馨が言う。

たまきの腰に手をまわし、身体を引き寄せて耳元でささやく。

「難しく考えないでいい。俺に身体をゆだねて」

「あの。わたしは本当になにもわからなくて」

「わからないから練習をするんだ。本当になにもわかっていないからこそ、俺がたまきに教えるんだ。足を揃えて立って、それからあとは言われる通りに。ワルツは三拍子。まず

は右足を後ろに」

馨は構えたたまきの手を取り、たまきの身体を後ろへと傾ける。

ワン、ツー、スリー。

曲に合わせて馨が拍子をとる。支えられた腰と腕が、自然とたまきの身体を動かしていく。どの方向に足を動かし、回転していけばいいかを考える必要もない。

「ほら、踊れているよ。上手だ」

ドレスの裾が空気を巻き込んでふわりと膨らみ、まわる。高いヒールが気にならないくらい、身体が軽くなったように思える。

「そう。右、そして左足を添えて、うん。そのまま素直に俺を信じて、合わせて。音とダンスを楽しんで――」

踊っている。

というより、踊らされている。

体重の移動も足取りもすべて馨に操作されている。でもそれが心地よい。

着たことのない美しいドレス。耳元で揺れる真珠とダイヤのイヤリング。馨の優しい声。心地のいい音楽。身をゆだね、馨を近い距離で見返す。

馨の綺麗な目のなかに自分が映り込んでいる。

踊りたいと願ったことなんてない。なかったけれど、でも踊ってみればダンスはとても

楽しい。

なにも考えずに馨に手を取られくるくるとまわり続ける。

いま、世界にあるのは自分と馨と音楽だけだった。

足の先に小さな翼でも生えたかのようで、身体が軽い。なめらかにステップを踏んで、ドレスの裾が空気を内側にはらんで膨らむ。

馨の体温が伝わる。頬が上気する。くすぐったいけれど心地がいい。踊ることで、気持ちが高揚していく。馨はたまきをじっと見つめている。そのまなざしは優しくて――優しいだけじゃなくもっと別ななにかを含んでいるようにも見えて――。

心臓が胸のなかで跳ねている。高いヒールももう気にならない。

「たまきはなんでもできる。なんにでも、なれる。きみがそれを望みさえすれば、未来はいつだって明るく自由だ」

馨の言葉が耳朶(じだ)をくすぐる。

いつまでも踊っていたかった。

でも音楽はいずれ終わる。曲が途絶え、蓄音機からジジジとかすれた音が流れる。夢から覚めた気分で足を止める。馨はたまきの手を取って、抱き締めたまま、たまきを見下ろす。

「……ほら、踊れたじゃないか。さて、ダンスは楽しかったかい、たまき」

「はい」

「ダンスだけじゃない。楽しいことはまだまだたくさんある。だから、生きていくことをたやすく手放そうとしないでくれ。きみは残される側の痛みを知っている。なのに信夫くんをひとり残していこうとするなんてひどいじゃないか」

馨がささやいた。

甘やかな声だったが、ただ甘やかすだけのものではなかった。励ますものでもあり、たしなめるものでもある。そして願う目をしてたまきの顔を覗き込む。

「俺を信じてくれないか」

「信じています」

「信じているならあんなことを言わないと思うんだけどね」

「あんなこと……とはなんでしょう」

ほら、と、馨が苦笑する。

苦笑いも絵になって美しい人の顔を間近で眺め、たまきは困惑し首を傾げる。

「また困った顔をしているね。でも、そんなふうに頬を染めて、上目遣いで首を傾げて困り顔になられると、もう少し困らせたくなるな。たまきの困り顔は、とてもかわいいから」

――かわいい⁉

思ってもみなかった言葉を綺麗な唇が紡ぐので、たまきは、いきなり恥ずかしくなった。そういえばあまりにも身体の距離が近い。ダンスとはそういうものだとしても、これは互いが密着しすぎている。

意識した途端、頭のなかまで沸騰しそうになった。

慌てて飛び退くように身体を引いて馨から離れるたまきに、馨は「うん。俺の奥方はやっぱりたいそう愛らしいな」と軽やかに笑った。

馨は笑いながらドアに向かってひとり歩き、すっと開く。

「きみもぼくの意見には同意するだろう。たまきはとても愛らしいね」

そこにいたのは信夫である。どうやらドアの向こうでこっそりとたまきたちの様子を探っていたらしい。

「はいっ。僕の姉様は素敵な女性なんです。ええと、でも、どうして僕が見てることがわかったんですか」

「覗き見をするのに少しだけドアが開いていたから。俺は人の視線には敏感なんだ」

「……ごめんなさい」

「いや、予想の範囲内だ。俺だって信夫くんの立場ならきっと覗き見をしたくなる。謝罪の必要はないよ。むしろ堂々と見学してくれていい」

馨が信夫にそう言った。

「ダンスは、いずれ信夫くんも学ばなければならないことだからね。これは俺の持論だが、ダンスというのは、男が女性を支えてリードし、女性を自在に羽ばたかせるためのものだ。美しく楽しい花を空間に描くように女性のドレスをひらめかせ、踊ってもらう」

手招きし、馨は信夫を引き連れてたまきのもとに戻ってきた。

それから蓄音機のレコードに針を落とす。音楽がまた流れだす。

「無理に相手をまわそうとして強く引きずったりしてはいけないよ。あまり力むと互いにぎくしゃくとしてしまう。相手が心地よく踊れるように気をつけて、支えるんだ。俺とでは身長差があるから少し難しいかもしれないけれど、手を」

馨が信夫の手を取った。

「俺が女性の役をする。信夫くんは男性のステップを覚えなさい」

「馨様が女性の役を」

信夫は驚いたように目を丸くしている。

「はじめてのダンスの相手が俺では不満かい」

「そんなことないです」

ぶんぶんと首を横に振る信夫に、馨が微笑んだ。

「たまきはそこで信夫くんのダンスを見学するといい。俺の女性役を見られることなど普

通はないからその日に焼きつけて」

朗らかにそう告げる馨と信夫のダンスがはじまった。

たまきと信夫がどれほどダンスが下手であろうと、ここにはそれをあげつらって笑う人は誰もいない。馨の丁寧でわかりやすい指導のもと、たまきたちは夜までワルツを踊った。

その夜である。

信夫たちとみんなでひとつのテーブルで夕飯を食べた。

銀食器と格闘するたまきと信夫を馨は優しく見つめ、ときには食材や料理方法についての知識を披露してくれた。

ゆったりとした時間が流れる食卓は、会話も込みでとても贅沢なものだった。馨の話はおもしろく、信夫は何度も笑い声をあげた。

そういえば信夫と食卓に並ぶのは久しぶりな気がする。信夫の食事の時間、たまきはたいていなにかしら仕事をしているものだから顔を合わせることがないのだった。

食事を終えてくつろぎ、しばらくしてから、信夫は眠い目をこすりながらあてがわれた寝室へと向かった。あとに残ったのはたまきと馨だけだ。

馨は、ソファーのすぐ隣に座っている。あまりにも距離が近すぎてたまきは緊張で全身

を強ばらせていた。

「筑豊のみんなは帝都観光もせずにすぐにとって返してしまったが……佐久間にはいい薬になったことだろう。この数年、俺は、佐久間には身を慎んで仕事に精を出せと言って聞かせていた。新しい事業をはじめるようにとも、ね。何度言っても〝験担ぎ〟としてしか使わないなら、桐小路の力などいらない。いつか切り捨てなくてはと時期を見ていたんだ」

馨が言う。

「はい」

「佐久間は滋子姉様にはふさわしくない男だった。とはいえ、それを選ぶかどうかは滋子姉様と佐久間の判断で、俺にできるのはただ、ふさわしくない男の実像を見せることだけだったけれど……」

「はい」

「それから、植田くんは自分の〝いま〟を選んで滋子姉様と連絡をとったようだよ」

「滋子様……ですか」

「雪子様の出奔の手引きは滋子姉様だったからね。それに気づけたのは、たまきのおかげだ。おかげであっというまに依頼が片づいた。ありがとう」

「いえ。わたしはなにも……」

慌てて手を左右に振る。

「彼らのあとのことは滋子姉様がどうとでもまとめようとするだろうし、仕方ないから少しだけ恩を売っておいた。普段の俺なら新聞の連中を押さえるんだが」

なにを言われているのかがわからなくて、首を傾げる。

「いつもなら新聞社の上層部に圧力をかけて記事を差し止めてもらうところなのに、今回ばかりは間に合わなくてね。明日の朝には雪子様にまつわるさらに新しい記事が載る。アオ様が俺を呼び出して怒るんだろうな」

たぶん自分はまた困った顔をしているのだろう。

だってなにを言われているのかが、さっぱりわからないのだ。

「まあ、アオ様の怒りは予定調和みたいなものだから、どうでもいいけどね。どちらにしろ新聞に出てしまったらあと戻りはできないし、記者があちらの家に殺到するからその対応に追われてしばらくは人捜しどころではなくなるさ」

「あの……アオ様が捜していらした人というのは七辻宮雪子様なのですか？　それとも上田秀一さんなのですか？」

「アオ様に依頼されたのは雪子様だけ。でも俺は雪子様の噂話を聞き込んで、上田秀一くんも捜そうとしたんだ」

馨がたまきの手の甲に、自分の手を重ねる。

触れられて、びくんと身体が震えた。

「たまきの力のおかげで雪子様と植田くんがほんの少しのあいだだけでも幸せになれる。きみの協力に感謝するよ。ありがとう、たまき」

「わたしの……力ですか」

「明日の朝刊が楽しみだね。そのあとの彼らふたりの未来の行きつく先が幸せか不幸せかを決めるのは俺たちじゃない。それに、結局、人の未来はすべて本人が選択した〝いま〟の延長線にある。俺たちの選択の影響力など、あってないようなものだ」

馨の話すことはいつでも難しく、理解ができない。

きっとたまきが見ている世界と、馨が見ている世界は違うのだろう。

謎かけめいた馨の言葉に無言で応えたたまきに、馨が柔らかな笑みを向けた。

「さて、それでは寝ようか」

「え……あ……あの」

今夜、そういうことになるのだろうか。ずっと何事もなかったのに、別邸の屋敷でたまきは馨と寝床を共にするのだろうか。なんの支度も準備もしていなかったと慌て、固まってしまったたまきの頰を、馨の指先が優しく撫で上げる。

「そんな顔をしなくていい。寝室は別々に用意しているからね。きみは信夫くんの部屋の隣で、廊下を通らずに行き来できるようにドアがあるから、信夫くんの様子を見てから眠

りにつけばいいよ。俺の寝室はきみたちのところからずっと遠い部屋だ」

小さな笑い声をあげ、馨が続けた。

「久しぶりに水入らずで、信夫くんをたくさん甘やかしてあげるといい。きみも信夫くんにたくさん甘えたまえ」

「は……はい」

肩から力が抜けた瞬間、

「おやすみ、たまき」

そう言って、馨の唇がたまきの頬に触れた。

「え」

頬にくちづけられた。

理解した途端、ぼっという音をさせて熱が頭までかけのぼった気がした。真っ赤になったたまきに笑いかけ、馨がソファから立ち上がり手を差し出す。

たまきはぼんやりと馨を見上げ、その手を掴むことなく、ぎくしゃくと直立する。定規を骨の代わりに入れたかのようなぎこちなく固い動きになったが、仕方ない。

「お……おやすみなさい、だんな様」

馨の顔がまともに見返せない。恥ずかしくておかしくなってしまいそうだ。

「うん。ゆっくり休むといい」

「はい。そうします。お先に……失礼いたします」

たまきは一礼し部屋を出て、早足で信夫の部屋へと向かったのだった。


そして――。

翌朝、別邸に届けられた朝刊にいつものようにアイロンをかけていたたまきは、目に飛び込んできた大見出しに絶句する。

『七辻宮女王殿下、正式にご婚約を破棄される』

アイロンを傍らに置き、記事を読む。

七辻宮雪子様が、婚約者を捨てて恋人と逃げようと家を出た。十七歳という若い身空で大胆不敵、女性らしからぬふるまいに宮家に激震が走り抜け、事態の収束に関係者が走りまわっている。

宮家としてふさわしくない行いをした雪子様の未来は暗く、その地位を剝奪されることは必至。

帝都から行方をくらましてしまった雪子様の相手は、かつてのお抱えの車の運転手で、上田という男性であるとのこと。ひそかに交際をしていたふたりに気づいた七辻宮家は上田を首にして遠ざけ、その仲を切り裂いた。そのうえで雪子様に、國外の婚約者を整え、

二度と上田とは会うことのないよう手配したのだが——。

二段抜きで大きく掲載された雪子様の写真のその傍らに、男性の白黒写真が申し訳程度に小さく載っていた。

その顔に見覚えがある。

つい最近会ったばかりだ。

「本当に植田さん……なんだわ」

植田は偽名で、本名は上田で。

「アオ様が捜していたのは七辻宮雪子様なのね。そして文芸サロンで滋子様と雪子様はお知り合いになって……」

一度は遠ざけたという上田を筑豊に逃がしたのは、滋子で。

偽名を使った上田を名簿で見つけて、彼を東京に呼び寄せたのは馨で。

「だんな様……だんな様はこのことすべてご存じで……だから」

——いつもなら圧力をかけて止める記事というのはこのことで……でも今回は、止めなかった？

たまきは文字を追うのを途中でやめて、呆然とつぶやいた。

◇　◇　◇

武蔵野の別邸での、はじめての朝だった。

たまきが青ざめた顔で馨のもとに朝刊を届けてくれる。

「おはようございます。だんな様。七辻宮女王殿下、正式にご婚約を破棄されるという記事が……」

たまきが青い顔で記事を読み上げるのを馨は微笑んで聞いた。

「うん。結局、滋子姉様に植田くんが連絡をして、雪子様と植田くんはカフェ黒猫で会えたらしいよ。そしてふたりはすぐに船に乗って逃亡したのさ。いま頃は青島の山崎くんを頼って……そこから先は彼ら次第だから俺にはわからない話だ」

「そうなるようにだんな様が采配をされたのでしょうか」

たまきが目を丸くして聞いてくるのに「たまきは俺がやったと、そう〝見〟たのかい」と淡い笑みで聞き返す。

「わたしにはだんな様のような未来を読む力も、人の心がわかる力もございません。よくわかりませんが……でも……だんな様でしたら、そういうことはできるのだと、わたしはそれだけはわかっておりますから」

無垢な瞳で断言され、馨は頬杖をついて「滋子姉様がやったのさ」とつぶやいた。

「滋子様が？」

「滋子姉様は自分にできなかったことを雪子様に望んだんだ。文芸サロンで仲よくなった、自分よりずっと年若い『かつての自分によく似た』雪子様に自己を投影して、彼女を使って自身がずっと囚われていた呪いを晴らした気になった」

けれど、どういうものかな。

自分が幸福になったわけじゃあないから、気が晴れることもないし傷口はさらに疼くのかもしれない。

遠い目をして「それでも滋子姉様がそういう〝いま〟を選んだのだから、俺にはどうにもならないね」と頬杖をついて言う。

「結局、人が本当に幸せになれるかどうかを俺は毎回知らないままだ」

たまに馨は、途方に暮れる。

しかしすぐにそんな弱気を切り捨てて、桐小路家の当主として胸を張る。自分はいつだって強くあるべきだ。迷っている暇はない。

「それでも、つかの間の〝いま〟雪子嬢と上田くんは自分たちの恋を手にすることを望んだんだ。せめてそのいまひとときが幸福であることを俺は祈る」

「わたしも……祈ります」

たまきが切ない顔でそう告げた。

異能の力を持ち、善人で、自分を犠牲にしてばかりの無垢なたまきが祈ってくれるなら、その望みはきっとかなうだろう。そんな気がした。

その後、来るであろうと覚悟していた呼び出しがアオからかかり、たまきと信夫を溝口にまかせ、馨はひとりアオのもとへと顔を出した。

アオの手元には新聞があった。

苦い顔をして馨を一瞥し、アオが言う。

「きみは今回、詰めの部分でわざと手を抜いたようだね。まったく……。馨のその詰めの甘さはいつか自分の首を絞めるよ。気をつけたほうがいい」

「でも俺はあなたの首は絞めません」

「当然だ」

「それにお言葉を返すようですが、俺はいつだって本気でやっています。あなたに頼まれた仕事で手を抜くことなんてない」

「なるほど。では、本気で雪子たちに肩入れしたということか。雪子は勘当されて七辻宮とは縁を切った。第五皇子との婚約破棄の後始末は大変だよ。あちらの面子（メンツ）をつぶしたこ

とも鑑みてかなりの金額を先方に払わなければならなくなる」

　眉を寄せ苦渋に満ちた顔でそう言うが、どうせアオのことだからもうとっくに算段を終えているはずなのだ。

「七辻宮家に出していただけばいいかと思います」

　だから馨はアオが考えていることを、さも自分の思いつきのように口にする。

「そうだね。しかしそれだけで示しがつくのかな。雪子のふるまいは目にあまるものだ。しかも新聞記事にまでされてしまっては……」

　馨になにを言わせたいかが露骨すぎて、つい笑ってしまう。清冽（せいれつ）で毒のない見た目にみんながごまかされているが、アオの本質はなかなかに悪辣なのだ。

「そうですね。七辻宮は臣籍に降下がいいでしょう」

　七辻宮家の倉からすべてを放出させて、力を削（そ）ぐ。

　そのうえで臣籍に降下。

「皇籍離脱か。やりすぎではないかな」

「第五皇子とはいえ乾の皇子との婚約を破棄して別な男と駆け落ちをしてしまったのです。七辻宮家に尻拭いをさせなくてはどうにもならないでしょう」

　あっさりとうそぶくと「そうだね」とアオがうなずいた。

「いまとなっては宮家が多すぎるのです。俸禄ばかりかさむから、臣籍降下していくらか

は取りつぶしていかないと後の世のためになりません。宮家だけではなく華族も同様です。これから少しずつ整理していかなくては」

そう続けた馨に、アオが聞く。

「それは……桐小路の当主として未来を〝見〟ての忠告と受け取っていいのかい」

「いえ。個人の見解です。でもアオ様も同意見でいらっしゃるかと思っていたのですが」

それには、アオは答えなかった。

無言で微笑み、すっと視線を逸らす。

「わかった。今回はきみの不手際を見逃そう」

――むしろこの不手際をこそ望んでいただろうに。

美しいが底知れない毒を持つアオの言葉に、馨は「恐れ入ります」と頭を下げたのであった。

七

『前略　滋子様

滋子様のご尽力のおかげで無事に上田と青島に辿りつきました。

できるだけ顔を隠して、正体がばれないようにしての上田との船旅は不謹慎だけれど冒険で胸がどきどきしてしまいましたわ。

ですが、旅のときから上田がときおり苦しそうな咳をするのが気になって、こちらの医師にかかってみましたら、肺を患っておりました。

私に会う前からはじまっていた病でここに来て悪化したものではないとお医者様はおっしゃっています。滋養のあるものと休養がなによりとのことなのでしばらくここでふたりでのんびり過ごします。

上田ときたら、近づくと移る病だからと私を遠ざけようとするのよ。

なんのために一緒に日本を出たのよと癇癪を起こしてやったら、ごめんごめんって言っ

て泣きそうになっているの。
そのあとであらためて生きるも死ぬも一緒ってそう誓ってくれましたわ。
滋子様、世界は広いのね。
自由っていいものね。
好きな人と共に過ごせるのはなんて幸せなことでしょう。
ここから見える海もそれはそれは青くて、とても美しいものよ。

かしこ　雪子』

『滋子様
前のお手紙からずいぶんと日が過ぎてしまいました。
滋子様からのお手紙とお心遣いありがたくいただきました。
上田は先月末に儚くなってしまいました。呆気ないものね。私ひとりを置いてどこかに行くなんて許さないって泣いてわめいたり、縋(すが)ったり、頼んだりしたのに、本当にひどい男。

前のときも今回も二度とも私をひとり置き去りにしてしまうんですもの。でも、再会できてずっとふたりきりで幸せな時間を過ごせたねと、いまわの際に上田が笑ってくれたの。幸せにできなくてごめんって何度も謝罪するもんだから、私、上田が先に逝ってしまうのを許してあげることにしたわ。

本当はあとから上田を追いかけていこうかと思っていたのに、最期に「雪子さん、それだけはやめておくれよ」と上田がまた泣くのよ。だから「そんなことしないわ。だって私、造船所での通訳のお仕事が見つかったし、好きに生きる喜びを知ったのですもの。あなたがいなくなっても生きてやるし、もっと素敵な男と巡り合って恋をしてしまうかもしれなくてよ。だから、あなた、長生きしなきゃ駄目よ」って言い返してやったの。

なのに、私を残して逝ってしまったの。ひどい人。

だけど、私、後悔はしてないの。

あの人と会っていなかったら、私、なんのために生きているのかもわかりはしなかった。死んだようにして、生きていた。なんの自由もなく誰かの言いなりで、虚ろな気持ちのまま贅沢な家で過ごし、死んでいったのよ。

喜びと幸せだけじゃなく、涙も悲しみも痛みも苦しみも全部、上田がくれたわ。私とい

う空っぽな器に満たされた全部を私は飲み干して生きていく。

これからはここを故郷と定めて女ひとりでどうとでも生きていくわ。

あの世とやらで上田にたくさんの土産話を渡すつもり。

あの人とまた巡り合わせてくださり、ありがとう。

かしこ　雪子』

◘◇◘　◘◇◘　◘◇◘

その後、しばらくは〝継ぎもの〟の依頼もなく時間が過ぎていった。

年を越して、冬が終わり、春の嵐が吹き荒れる三月のある朝——。

——昨夜は、だんな様はお帰りにならなくて。

朝帰りをした馨は、いつも以上に退屈そうにして、たまきが、たどたどしく今日の新聞について説明するのを聞いている。

ここのところ溝口は新聞にアイロンをかける際にたまきの側につかなくなった。たまき

の読み書きが安定したあたりで、馨が、そうするようにと命じたのだ。

いわく――「たまきだけでもう大丈夫だ。いつも誰かが側にいて修正してくれると、逆に覚えないでしまうことも多い」とのことだ。

本当はまだまだひとりで政治や経済の記事を読むのは難しいのだが、馨にそう言われてしまっては従うしかなかった。

「たまき、きみは最近、港に行ったか？」

新聞を手渡し、今朝の記事の詳細を伝えると馨が聞いてきた。

「港……ですか？　いえ」

「行くといい。うちのいまの稼業は貿易だ。港に出入りする船舶の数は、この國がいま押し勧めている交易の数と直結している。港の活気をいままで、たまきは、どう見てきた？」

「港の船舶の数など気にしたこともございません」

馨は机に肘を置いて手を組み、顔を載せ、たまきを見上げる。

「貿易が縮小したときこそ、相場の張りどきだ。世界がきな臭くなると、てきめん、船の数が減る。いまは活気があるが、港の船舶の数が減るときは注意するといい。そうだ。今日、食事のあとに時間を作って一緒に行こう」

「はい」

馨はやると言ったことは必ずやる。今日と言ったら、今日なのだ。

だから反論はせずにうなずいた。

「それから、これを、滋子姉様が俺に見せにきたんだ。きみも読んでみるといい」

手渡されたのは二通の封書である。

宛名は、滋子。そして差出人のところには上田という名字と松雪草の印章が押されていた。

——青島からの七辻宮雪子様のお手紙だわ。

封筒から手紙を取り出して読み上げる。上田の病気とその最期。どうやって二人で過ごしていたか。幸福であったことと苦労と痛み。すべてがさらさらと綺麗な文字で流れるように記されていた。

「幸せ……だったのですね」

たまきが言うと、馨が「どうかな。幸せになってくれるといいと祈るだけだが」と淡く微笑む。

「きっと幸せになりますよ。だってずいぶんと意気込みのあるお手紙ですもの」

「そうだね。選んだ道を悔やんでいない書きぶりだ。滋子姉様も、できる限りの援助をしてあげたいようで、いまもあれこれ動いているようだよ。あの人はあれでけっこう善人なんだ」

「はい」

難しいことはわからない。

わからないなりに馨のことを信じ、少しずつ、自分にわかることだけを呑み込んで、日々を過ごす。

新聞記事に視線を落とす馨に、たまきが今朝の献立を述べる。

「だんな様、今朝は和食です。山菜をたんといただいたので、蕗味噌に、菜の花のお浸しに、それから浅蜊のお味噌汁です」

出汁巻き卵に、人参の白和え、香の物と鯵の干物も……と続けると、馨が「うん。なるほど、春になったのだな」と口元を少しだけ綻ばせた。

外に出てみれば、どこからともなく梅の香りが漂ってくる。

吹きつけてくる春の風にはたはたと翻る羽織の前を強く合わせ、馨と共に俥に乗った。

「――港に」

馨が俥夫に言う。

たまきは黙って隣に座っている。

風避けの幌を下げさせたせいで視界がずいぶん遮られてしまい、それが少しだけ残念だ。

しばらくごとごととふたりで並んで揺れていた。

馨はじっと、たまきの横顔を見つめている。それが気になって、たまきは、馨のほうを見ることができなかった。

「いつまで黙っているつもりだい？」

とうとう、馨がそんなことを言う。

「話すことがないものですから……」

「話したいと思える夫ではないということか……困ったな」

「いえ、違います。そうではなくて……すみません」

「……謝罪の必要はないよ。俺はわりと他人との関わり方が巧みで、自在に相手を動かせる力があると信じてきたけど——たまきだけはどうにも難しいな。もっと自由に、わがままになって欲しいんだがな」

馨が深い嘆息を漏らした。

「ごめんな……さ」

謝罪の途中で、馨が、たまきの言葉を遮る。

「いや、謝らせるような話し方をした俺が悪いな。港だけじゃつまらないだろうから、港を見てから日本橋の百貨店で、きみに似合う髪飾りを選んでそれからカフェに行こう。もちろん普通のカフェだ。珈琲の美味しいものを、たまきに飲ませたい」

「……そんな贅沢をしていただくなんて」

「たまき」

小さく名前を呼ばれ馨を見る。

たまきの肩に手をまわし、引き寄せる。

馨の顔が近づいてきて、唇が一瞬だけ重なった。

柔らかい吐息が口元をかすめ、触れて、離れていった。

「…………っ」

息を呑んだたまきに、馨が笑う。

「嫁いでそろそろ一年だ。夫婦なんだから、これくらいはいいんじゃないかな」

夫婦だけれど、そういったことをほとんどしないで過ごしてきたのに。

いままでずっと、ダンスの練習で手を取り合い身体を近づけるくらいだった。あとは武蔵野の別邸での頰へのキス。あれはなんだったのかとたまに思い返したけれど、意味を問うのが怖くて聞けなかった。

頭のなかが真っ白になったが、それでいて気持ちはふわふわと浮き上がり、心臓が跳ねまわっている。

見つめられる視線で頰が焦げつきそうな気がした。顔が熱いし、触れられた唇も熱い。

膝の上で揃えた手を馨がそっと握り締める。

風が幌の隙間を吹き抜けて、梅の紅色の花びらがたまきの膝にはらはらと舞い、散っていった。

馨の話を聞きながら港の貿易船を眺め帰宅したのは、夕方になっていた。途中でお茶を飲み、食事もした。

日本橋の百貨店でたまきの装飾品を買おうかと言う馨に「欲しいものはすべていただいておりますから、今日はもう帰りたいです」とお願いをした。

こんなに一日中、馨と身体を近づけて過ごすのは、いまのたまきにはまだ苦しい。

——恐れ多いというか。

とにかく、触れられるたびに身体も心も跳ねまわってしまい、このままでは本当に倒れてしまいそうだったので。

が——戻った屋敷は妙に慌ただしい。

出迎えに現れた溝口の眉間に深いしわが刻まれ「おかえりなさいませ」の言葉もなく、いつにない早口で「いま、だんな様と奥様をお呼びしにうかがうところでした。信夫様が池に落ちて」

と言い募る。

「信夫が……？」

たまきが聞き返す。

「はい。清一郎様とお庭で言い争いをして、揉み合いになって、池に落ちまして——。助けを求められて私が抱え上げたときには、ぐったりとされていて——いまはひどい熱でうなされていらして……」

途中まで、なにを言われているのかがわからなかった。

信夫が池に？ ぐったりと？ ひどい熱でうなされて？

そんな馬鹿な——と、たまきは悲鳴をあげる。

「……溝口さん。いま、信夫はどこにいるのっ」

「お部屋に。医者を呼んでおります。もうすぐ到着するという連絡が……奥様？」

説明の途中で、たまきは、信夫の名を呼びながら、部屋へと駆けていく。

「信夫——信夫？」

信夫だけは、と、ずっと願ってきたのだ。それだけが、たまきの祈りだったし、生きていくよすがだった。その瞬間、たまきの頭から、他のことはすっぽりと抜け落ちていた。

信夫が無事かどうか。それだけだった。

「信夫……」

ただ名前を呼んだ。他にはなにも浮かばなかった。

駆け込んだ部屋のベッドで、信夫は横たわっている。頬は熱く火照り、唇はかさかさに乾いている。苦しそうに声をあげ、首を横にわずかに振って。

ベッドの側まで近づき、そこで足を止める。

「信夫？」

名前を呼んでも、信夫は目を開けない。低く、苦しそうなうめき声が、信夫の唇から零れる。

——怖い。

信夫を〝見〟るのがひどく怖かった。両親を〝見〟たときと同じ陰りを見つけてしまったら——と思うと、たまきは信夫を直視できなかった。顔から視線を外し、布団に覆われた胸元を見る。荒い吐息で、せわしなく上下している。

「たまき——信夫は……」

背後から声がして、びくんと身体が震えた。振り返る。馨がドアを後ろ手で閉め、入ってくる。目を細め、たまきをじっと見つめている。その視線が、たまきから、寝ている信夫へと移る。

「俺のときと同じだな……」

ぽつりとつぶやく馨の顔は蠟のように白かった。

「信夫を、おまえはどう〝見〟る？」

「……だんな様は、信夫をどう〝見〟ているのですか？」

馨に聞き返す。馨はそれには答えない。

たまきの両肩に手を置いて、くるりと身体を反転させる。無理に、信夫のほうを向かせ、背中を押す。苦しそうにして眠る信夫の顔が、すぐ真下にある。

「まだきみに教えそびれていたことがある。あえて伝えなかったことが。桐小路の〝魂継〟の力の本領は、予知でも、死期読みでもない。宮家に重用された理由は――魂を継げるからだ」

「魂を？」

口がからからに乾いている。声が喉に引っかかる。

「簡単に言えば、死期を延ばす力だ。死にかけた命を無理にでも生きているほうへと引き戻す。ただし犠牲が伴う。そのまわりにある生きているものすべてから、命の光を引き剝がし、奪うんだ。奪った命すべてを、たったひとつの欠けた命に継いでいく。器の金継ぎというものを知っているか？」

「知り……ません」

「そうか」

と、馨が背後でささやいた。言いながら馨は、後ろから両手を回し、たまきの身体を抱え込むようにぴたりと身体を貼りつかせた。

たまきの心が場にそぐわず、跳ねる。

「割れたり、欠けたりした陶器を、特殊な接着剤と漆を使って、継いで直す技法だ。桐小路の力は、陶器ではなく生きているものたちの命と魂で、それをする。この力は命に対して、特殊な接着剤となるんだ。そして、継がれた命は生き延びるが、欠けた部分を補うための材料となった命は、そこで消える。宮家の尊いお方の存続のためだけに、桐小路が磨いた秘密の技法だ」

なにを言っているのだろう。たまきには、よくわからない。

「やり方なら俺が教えてやれる。たまきがそれを、やりなさい」

「だんな様……？」

たまきの首がかすかに斜めに傾ぐ。

「信夫の命を救いたいのだろう？　この屋敷にある生きているものたちの命を寄せ集め――信夫の命を継ぎたまえ。おまえがそれを望むなら、そうしていいんだ。許す。いや……違うな。俺がそれを望むから、と言い直そう」

馨の声がすぐ耳元で聞こえてくる。

「だんな様は……信夫が生きることを望んでくださる？」

「ああ。理由を聞くか？　俺は、おまえをここで失うわけにはいかないからだ。それに、そうしないと、おまえはこのあと、亡者のように生きるだろうから。亡者は俺だけでたく

さんだ。俺の命を引きちぎって、足していい。やり方を伝えよう。まず——信夫の命の光を注視して」

——だんな様は自分の命をも信夫に分け与えるという。

馨の体温が背中からじんわりと伝わって——いま自分は馨に支えられていると、そう感じた。

「注視……〝見〟るのですね」

目を細め、意識を集中する。見たくない。でも見なくては。見てしまえば、信夫の命は助かるのかもしれなくて——だから。

細められたたまきの視界に広がるのは——。

「……だんな様………信夫は」

たまきの唇から、ほうっと、吐息が零れた。

「深呼吸をして。おまえの深呼吸は、美しいから大丈夫だ。信夫の光の欠けに意識を送り込みなさい。そしてその欠けの形を平らにならすんだ。ちゃんと他の魂と綺麗な形で張り合わせ、継げるように。伝わるか？」

伝わらない。

馨の説明は、いま、なにひとつ伝わらない。光の欠けを意識して、欠けの形を平らにならす。どうしたらそんなことができるのか。

それに——そもそも。

「だんな様、できません」

「諦めるな。いきなりだとしても、できるはずだ。なにも習わずとも必死でさえあれば、おまえは絶対にやり遂げる。そう俺は信じている」

「できません」

「たまき」

責めるような馨の声に

「ですが……だんな様……信夫の光は欠けて……ないです」

たまきは目を瞬いて、そう言う。

——綺麗な色の、まま。蜂蜜色の優しい色。少し、頼りなく、薄くはなっているけれど欠けてもいないし、陰もない。

「え?」

「信夫は……大丈夫です。わたしの目にはそう〝見〟えます。熱を出して、ぐったりとしてはいても……このまま儚くなることはない……と」

「……そうか」

馨が言った。

「だったら継ぐ必要など、ないな。よかった……」

馨の腕がたまきの身体から離れる。

ふっと離れていったその瞬間、ノックの音が三回、響いた。

「だんな様、奥様。お医者様がいらっしゃいました」

溝口の声がして、ドアが開いた。

白衣の裾をひらめかせ医者が入室する。看護師たちが信夫のまわりを取り囲む。開いたドアの向こうで清一郎が、泣きじゃくっている。

「清一郎……」

馨が清一郎へと歩いていく。

「ごめん……わざとじゃなかった。ただ、ちょっとむかついて……でも、わざとじゃなくて……。信夫は大丈夫かな。大丈夫なのかな。助かって欲しいよ。助かってもらうために、ぼくはなんでもするから……馨おじ様、ぼく、なんでもするから……」

涙と鼻水で顔をぐしゃぐしゃにして、清一郎が言う。

「ああ。大丈夫だ。信夫は――大丈夫だよ。きみはなにもしなくていい」

馨は優しく清一郎の頭を撫でたのだった。

医者は信夫に点滴を施し、注射を何本か打った。薬が処方されたが、診断結果は「風

邪」ということだ。季節の変わり目で弱っているところで冷たい池に落ち、溺れかけたのだから、心配なことは心配だけれど――。

「命に別状がないのなら、なによりだ」

医者が去ったあと、書斎で、馨がそう言った。

「はい。その通りです。だんな様。信夫はまだまだ長生きします」

そして――たまきは知ってしまった。

馨にはそれが〝見〟えていなかった。人を縁取る命の輝きが見えていなかったのだ。

見えなかったからこそ、信夫を助けようとして、馨はあんなに必死になってくれたのだ。

――異能者同士は相手の死期や魂の輝きを〝見〟ることができない。

かつて溝口が漏らしたひと言があった。あれを聞いたときに、気づくべきだった。

たまきには、馨の光の輪郭が〝見〟えるのだということに。

自分より異能の力が強いか同等の相手だと〝見〟えないはずのその光が。

――だんな様には異能の才は、ないのだわ。

それとも、たまきより力が小さいなりに多少は〝見〟えるのか。

それを聞こうとはたまきはいまは思わない。そんなことはどうでもいい。ただ、どうしてそうなったのかわからないけれど、馨は、なにも〝見〟えないで桐小路の家督を継いだのだ。継いだからにはと全身全霊ですべての力を傾けて、桐小路の家とそれを頼ってくる

人びとのために捧げ——覚悟だけを決めて生きてきた。

——溝口さんと、だんな様だけで、そうやって過ごしていらしたのね。

馨が〝いま〟必要として欲しているのは、異才を継いだ自分の子ではなく、わずかながらでも特殊な才を持っているたまき自身の眼力なのだ。

馨と結婚してからのいろいろな出来事をすべてひとつにつないでいって——やっとたまきは自分が選ばれたことが腑に落ちた。

「だんな様も……長生きされますよ」

つけ足した言葉に馨が「うん」とうなずき、語りだす。

「昔、子どものころに池に落ちたことがあってね。父に、突き飛ばされたんだ。もっとも落ちたときは相手が父だとはわかっていなかった。あのまま俺が死んでいたら、桐小路の当主はまだ父のままだったろう。どうして父がと思わないではなかったが……仕方ない。桐小路は蠱毒の家だから」

馨は淡々とそう言った。

「俺が生まれてすぐに先代だった父が俺に家督を譲ると告げて……まあ、つまり、それくらい俺の力は強かったということなんだろう」

先代の当主には、馨を縁取る光が見えなかった。

それはつまり馨が先代をしのぐ力を持っていると、そういうことであったのだ。

「それでね……死にかけたそのとき、俺はまわりの木や虫や動物からすべての命を奪ったんだ。助かりたくて無我夢中で、まだ教わってもいない〝魂継〟の術を使ってしまったらしい。父も、驚いたことだろうね。教えてもいないのにそんな力を幼い子が使ってのけて。そのせいで——俺が目覚めたとき、父は、亡くなっていた。俺が、父の命を、奪ったんだ」

そうしようと思って、そうしたわけではないのだけれど、と。

乾いた笑いを顔に貼りつけ、馨が続ける。

「そして、そのときに俺はすべての力を失った。蠱毒の家なのだから、父の力を吸い取ってよりよくなるはずなんだけれど……俺は正式なやり方を教わっていたわけではなかったからね。なにかを間違えていたのかもしれない。それとも、本来この〝魂継〟の力は、宮家以外には使ってはならぬという禁忌があったから、それに触れたからかも。あるいは別の理由があったのかも」

馨にも、誰にもわからない。

「どちらにしろ父は俺を殺そうとしたし、俺はそんな父を返り討ちにした親殺しだ。俺の手は血に染まっている。忌まわしい血で、忌まわしい力だ」

そして——馨は己の力を失ったことを他の誰にも伝えなかった。

馨はこの呪われた家で同じような厄災が起きぬよう、力がないことを黙って、当代の家

督を継ぐことを決めたのだという。

姉の滋子に『家を出ていけ』と手紙を書いたのも、馨なのだそうだ。

親が子を喰い、子が親を殺す修羅の家で、滋子が幸せになる未来が想像できなくて――せめて滋子だけはまっとうな幸福を得て欲しいと願った末に手紙を書いて伝えたのだと教えてくれた。

そのうえで――。

「――俺にはもう力がない。だから次代の異能の持ち主が生まれても、俺にはわからないんだ。なにも見えないからね。それできみを娶ったんだ。きみならば、力の持ち主を見つけられる。あるいはきみが産んでくれるかもしれない。すまない。きみを利用しようとした」

「いえ。そもそもが契約結婚でしたから。わたしもわかっていて嫁いでおります」

「……でもね、たまき。変わっていくこの時代に、ついていくために必要なのは知恵と努力だと俺は思っている。実際、俺が継いで以降、桐小路の家を富ませたのは俺の頭脳だけだ。異能の才を否定はしない。だが、敬いたくもない。正しく使えないのなら、なくなってもいい。もっとすべてを正直にきみに打ち明けるべきだったたね」

「いえ……いや……ええ……そうですね。はい。もっと早くに打ち明けていただけたら、わたし、もっとだんな様のお役に立てたのに」

馨はずっと孤独だったのだ。

怖ろしい事実を胸に秘め、親を殺した自身を責めて――ひとりで。

幼い頃に池で溺れて死に近づいて――傷ついた心を癒やし慰めてくれる身内を持たず――。

「……たまき」

馨が綺麗な目を瞬かせ、困った顔で微笑んだ。

「俺はずっと嘘をついて生きてきたのに、きみはそんな優しいことを言うんだね」

馨が恥じるように、うつむいた。

「たまき、すまない。きっときみは親を殺してまで生き延びた俺のことを軽蔑してしまっただろうね。きみのような美しい生き方をしてきた女性に、俺はふさわしくない。わかっている」

「いいえ。わたしは美しくなんて……」

「美しいよ」

馨が困った顔で笑った。

まっすぐにたまきを見つめるその目は、手に取れない遠いところにある憧れのものに向ける賞嘆のまなざしに似ているようで。

どうしてたまきに無理強いをしないのかの理由が、ちゃんとわかったようなそんな気が

自分が異能の力を持っていることを、はじめて嬉しいとそう感じた。

——嬉しい。

いままでずっと呪いだと感じてきたこの力が、生かされるのは馨の隣だ。

思ってもいない事実だったが——子を産まずとも、桐小路馨の嫁としての勤めは、自分でなければできない。

——わたしじゃないと駄目なのだ。

たまきの唇から言葉が転がり落ちる。

「わたし……だんな様にとって必要な嫁なのですね」

それも真実ではあるのだけれど。

どこまでも優雅で異才の人——それが桐小路馨侯爵にまつわる風聞だ。

「謝っていただくことなんてなにひとつございません。それに信夫は無事でしたし……」

桐小路馨が努力家で勉強家で必要なもののためにあがき続けているだなんて、きっと誰も思いやしない。

信夫を救うときに言ったあの言葉の意味、あれは力があることで不幸になる人間は自分だけでいい、そういうことなのだろう。

——亡者は俺だけでたくさんだと、おっしゃった。

した。

「必要だよ。だけど……それはきみに異能の才があるからじゃない」

「………才があるからじゃないんですか？」

「ああ。最初のうちはきみの異能の力だけが目当てだった部分も否めないが、いまは違うよ。俺はきみを一年、ずっと側で見てきた。きみは美味しいご飯を作る働き者で、困ったときも傷ついたときも、とりあえず笑う人だ。本当の笑顔を見せるのは、弟にだけ。でも……最近になってたまに、俺にも、はにかむ笑顔を見せてくれるようになったね。その顔が見たくて、俺はきみを困らせたくなる。これが……恋というものだと俺はそう感じている。違うかな」

「え……あの」

「控え目だけど、他人のために尽くすことを厭わない。きみは自分にだけは冷たく厳しいのに、他人には優しいんだ。気づいているかい？　きみは他人の悪口を絶対に言わない。告げ口もしない。むきになるのは信夫くんのことだけで……いつのまにか俺は……信夫くんに少しだけ嫉妬をするようになってしまった。こういうのも……恋の結果だと、俺はそう思っているが」

「信夫に……嫉妬……ですか」

「たまきは、愛らしい。好ましい。ずっと側にいて欲しい。なんの力がなくても。……俺の気持ちの説明はこれくらいにして……重要なのは、たまきが、俺のことをどう思ってく

れているかだ。無理強いはしたくない。きみが俺を好きになるまで俺はずっと待てるつもりで……いや」

だけど、たまに待てなくなって、くちづけてしまったことは謝るよ、と。

小声でささやく馨の様子にたまきの胸がとくとくと高鳴る。

「いえ、いいんです。そんなことは」

「よくないよ。きみは自分の気持ちをすぐにそうやって軽んじる。自分の心を大事にしなさい。信夫くんと同じくらいに、自分自身にも優しくしなさい」

――自分の心を大事にしなさい。

馨は、思えば、はじめて会ったときからそうやって、たまきの心の在処を探してくれていた。たまきがどう感じて、なにを考えているのか。口に出せない部分まで推察し、ときには問いかけ、優しく我慢強くたまきが「自分自身を大事にする術」を教えようとしてくれていた。

結婚してもいまだ子は成せず――でもそれはすべてたまきを本当に大切にしたいと思っているからで――。

そのすべてが、たまきにはとても甘い。蕩けそうに甘く、愛おしい。されたことすべて、かけられた言葉、慈しむように触れられたこと――なにもかも。

「……だんな様、わたしはだんな様のことが好きです」

ほろりと言葉が滑りだす。

自分以上に、たまきは、この目の前の美しい人をこそ大事にしたいと思ってしまった。

傷ついたそぶりを決して見せずにいつだってしゃんとしてまっすぐに立って、人知れず戦って、誰に対しても優しくあろうとする高貴な男。

桐小路馨の手助けがしたい。

なにより、傷ついている馨を癒やしたい。慈しみたい。

「……好き、といま、そう言ったのかい、たまき」

「……はい」

「その、はい、が肯定なのか、ただの相づちとか返事みたいなものなのかがわからないのが困ったな。たまき……俺はきみが相手だとときどき自分がひどくみっともない男に成り果ててしまう気がするよ」

馨が困惑したように天井を見上げた。いつだって完璧な桐小路馨が、困り果てて天を仰いでいるなんて——それをさせたのが自分だなんて——。

「わたしはだんな様のお側にずっと立っていたいです。もし、だんな様さえよろしければ——生涯、お慕い申し上げます。好きになることを許してくださいますか」

精一杯の覚悟と真心を込めて、たまきは勇気を持って馨にそう言う。

馨の目が見開かれる。口角が上がり、微笑みが顔に広がっていく。

「きみは俺にはもったいないくらい素晴らしい妻だと思っているよ。俺も、きみのことを生涯、愛し続けよう」

「はい」

馨の綺麗な顔が近づいてきて――唇に唇が重なって――二度目の接吻をたまきはぎゅっと目を閉じて受け止めたのであった。

終章

一週間後、信夫の熱は無事に下がり、医師の診断で通学が許可された。清一郎は、信夫に謝罪し、信夫もそれを受け入れた。

嫉妬していたのだと、清一郎はそう言っていた。

突然現れて、桐小路の家督である馨にかわいがられていた優秀な信夫の存在がなんだか妬ましかったとぽつぽつとそんなことを話してくれた。あんなふうに突き落とすつもりはなかったし、信夫が死ぬかもしれないと思ったら自分のしでかしたことの大変さに心がつぶれそうになった、と。

その後すぐに信夫と清一郎が仲よくなるということはなかったけれど、ぎくしゃくしているなりに、仲違いは減っているようだ。

たまきは滋子に『家を出ていけ』という手紙はすべて馨の手によるものなのだと伝えた。

そうしたら——どういう話の流れでそうなったのか。

たまきは、馨と滋子のおつきのようにして百貨店へと連れていかれたのである。

百貨店の店内で、滋子が蝶のようにひらひらと店を渡り歩く。

「ねえ、馨。このお着物素敵じゃなくて？　あ……あの髪飾りも」

「ああいう、じゃらじゃらと石が下がる髪飾りは、滋子姉様には派手すぎるね」

滋子はむっとしたが、すぐに馨が、

「こっちの真珠が一列並んでいるもののほうが似合うよ。滋子姉様は上品な作りのほうが映えるんだ。美人だからね。――きみ、この髪飾りを」

と、真珠の髪飾りを店員に頼むのを聞き、笑顔になる。

「あら、買ってくれるの？」

「そのつもりで一緒に来たんだろう。本当は俺はたまきとふたりきりで来たかったのに……」

馨が渋面で応じる。

あれこれ言いつつ、この姉弟はそれなりに仲がよいのかもしれない。

「……そうだ、そっちの銀細工に珊瑚石（さんごいし）のやつも」

店の端に置いてあった珊瑚細工の花の髪飾りを、馨が指さす。

「馨、それこそわたしには若すぎるし安物すぎるわ。せめて金にして」

「滋子姉様にじゃないよ。どれだけ俺にものを買わせるつもりだい？」

「たくさんよ。私、あなたの財力が尽きるまで、しゃぶりつくそうと思っているの。だって私、あなたが妬ましいのですもの」

「妬ましがられたり、羨ましがられたりするようなことは、なんにもないのになあ。桐小路侯爵の地位は、苦労ばかりだよ」

滋子はふんと鼻を鳴らして、そっぽを向いた。

正面から見たときは馨と滋子はさして似ては見えないのだけれど、横顔の綺麗さは、まさしく姉と弟だ。上品で、美しい。高飛車でわがままであることが当然なくらい。

たまきは思わず滋子の顔に見とれてしまった。

「さて、もう滋子姉様にしぼり取られるのも、滋子姉様の荷物持ちになるのもまっぴらだから、俺はここで帰るよ。たまき、おまえはどうする？」

「わたしも帰りたいと思います。仕事がたくさん残っていますので」

即答すると、滋子が再び、ふんと鼻を鳴らした。

実際、家での仕事が山積みなのだ。

「じゃあ、そのへんで俥でも拾うか」

「は……はい」

店員が包んで渡してくれた珊瑚の髪飾りを着物の懐に入れ、馨が先に立って歩きだした。

慌ててそのあとをついていく。

馨のために俥を見つけて止めなければと急いだが、馨のほうが、たまきより早かった。片手を上げて俥を止めた馨を見送ろうと、たまきは、道のはしで立っていた。

「なにをしている？」

俥に乗った馨が言う。

「だんな様をお見送りいたします」

「この俥はふたり乗りだ。同じところに帰るのだから乗りなさい」

黙ったまま固まっているたまきに、馨が眉尻を上げ問いかけた。

「まさか一緒に乗りたくないと駄々をこねるつもりか？」

「いえ、そんなことは。ですが……あまりいたずらはしないでくださいませね」

馨は最近になって、俥で並んで座ると、たまきの髪を撫でたり、手を握り締めたりと、たまきを赤面させるようなことばかりしてくるのだ。

「いたずらって？」

「……なんでも……ないです」

たまきは、そう応じ、ふたり乗りの俥に並んで座る。

馨からいつも、甘い、いい匂いがする。

隣に座った馨は案の定、すぐにたまきの手に自分の手を重ねる。ぎゅっと握り締められると、それだけで心臓がことことと高鳴ってしまう。

そして――。

「これは、たまきに」

と、馨は懐から先ほど購入した髪飾りの包みを取り出し、たまきへとひょいと渡した。

「はい？」

――わたしに⁉

「たまきのいまの髪型にはこの飾りが合う。俺の趣味で選んだから、好みじゃなければつけなくてもいいんだが」

「いえ……あの……すごく素敵です。ありがとうございます」

馨がふわりと微笑んだ。

「あとでまた滋子姉様がいないときに百貨店にふたりで来よう。邪魔をされたくなかったのに、滋子姉様ったら気を利かせてくれなくて。あれは、嫌がらせかな。そうされても仕方がないところだけれど」

たまきは、髪飾りを両手で握り締める。

「たまき、髪飾りは握り締めるものではないんだよ。貸してごらん」

馨がたまきの手から髪飾りを取り上げ、たまきの髪にそっと差した。

馨と共に帰宅したたまきを、桐小路邸で、溝口が出迎えてくれた。

「おかえりなさいませ。だんな様」

馨が「うん」と溝口の前を行き過ぎる。

その三歩後ろを歩くたまきに、溝口がかしこまって、言う。

「おかえりなさいませ。奥様」

――わたしは桐小路侯爵の正妻なんだわ。

たまきは背筋をのばし、溝口に笑顔を返し、

「ただいま、帰りました」

と告げたのだった。

本作品は書き下ろしです。

二見サラ文庫

本作品に関するご意見、ご感想などは
〒101-8405
東京都千代田区神田三崎町2-18-11
二見書房 サラ文庫編集部 まで

帝都契約結婚(ていとけいやくけっこん)
～だんな様(さま)とわたしの幸(しあわ)せな秘密(ひみつ)～

2021年12月10日 初版発行

著者 佐々木禎子(ささきていこ)

発行所 株式会社 二見書房
東京都千代田区神田三崎町2-18-11
電話 03(3515)2311 [営業]
03(3515)2314 [編集]
振替 00170-4-2639

印刷 株式会社 堀内印刷所
製本 株式会社 村上製本所

落丁・乱丁本はお取り替えいたします。
定価は、カバーに表示してあります。
©Teiko Sasaki 2021, Printed in Japan.
ISBN978-4-576-21179-4
https://www.futami.co.jp/sala/

二見サラ文庫

笙国花煌演義

～夢見がち公主と生薬オタク王のつれづれ謎解き～

野々口 契

イラスト＝漣 ミサ

公主の花琳は輿入れの途上、超絶美形の薬師・煌月と知り合う。訳アリの煌月に惹かれていく花琳だが、きな臭い事件が次々に起こり…!?

二見サラ文庫

笙国花煌演義2
～本好き公主、いざ後宮へ～

野々口 契
イラスト＝漣 ミサ

笙王・煌月の後宮に入ることになった花琳。妃たちの間で怪しげな薬を用いたダイエットブームが…？　中華風お薬謎解きラブストーリー

二見サラ文庫

成金商家物語

～ツンデレおじさんは美人な年下女性をイヤイヤ娶る～

江本マシメサ

イラスト＝榎本

人相極悪、黒い噂の耐えない中年成金アルフォンソ。図らずもクールな美形の元騎士メルセデスを四人目の妻に迎えることになるが…。

二見サラ文庫

織姫の結婚

～染殿草紙～

岡本千紘

イラスト＝藤ヶ咲

忘れられた姫・謹子の暮らす染殿に今をときめく若公達・藤原真幸が。賀茂祭での出会いから運命的に結ばれた二人だが結婚には障害が…。

JN073643

目が覚めると百年後の後宮でした

～後宮侍女紅玉～

藍川竜樹

イラスト＝新井テル子

紅玉が目覚めるとそこは百年後の後宮!?　元皇后付侍女が過去の知識を生かして後宮に渦巻く陰謀と主君の汚名をすすぐ！